Nem te conto, João

Dalton Trevisan

Nem te conto, João
Novela

1ª edição

EDITORA RECORD
RIO DE JANEIRO • SÃO PAULO
2013

CIP-BRASIL. CATALOGAÇÃO NA PUBLICAÇÃO
SINDICATO NACIONAL DOS EDITORES DE LIVROS, RJ

T739n

Trevisan, Dalton, 1925-
Nem te conto, João / Dalton Trevisan. – 1. ed. – Rio de Janeiro: Record, 2013.
il.

ISBN 978-85-01-40287-5

1. Novela brasileira. I. Título.

13-03325

CDD: 869.93
CDU: 821.134.3(81)-3

Capa: Fabiana sobre desenho de Poty

Ilustrações: Poty

Texto revisado segundo o novo Acordo Ortográfico da Língua Portuguesa.

EDITORA RECORD LTDA.
Rua Argentina, 171 – 20921-380 – Rio de Janeiro, RJ – Tel.: 2585-2000

Impresso no Brasil

ISBN 978-85-01-40287-5

1

— Entre, moça. Com você não contava.

— Achou que não voltasse?

— Rostinho quente.

— Do calor.

— Que bom rostinho quente. Muito perseguida?

No rostinho dois pintassilgos azuis batiam asas.

— Agora o doutor André. Me deu um cartão. Tomar cafezinho, já viu. No escritório.

Velha conhecida minha, essa minissaia xadrez.

— Teu vulcão está aí. Não quer despertá-lo?

Defendeu-se, agarrando-lhe a mão com força.

— Que mão fria...

— Teu beijo, hum, gostinho de bolacha Maria e geleia de uva.

— Não gostei da última vez. Como você me tratou.

— Rasgue o cartão do André.

— Tenho nojo. É gordo e mole.

Ele encolheu a barriga, aprumou o peitinho.

— Desculpe o cabelo branco.

— O doutor não tem idade.

— Chega de fumar.

Ela tragou fundo, beijou-o, soltou-lhe a fumaça na boca. Ele ergueu a blusa até o seio empinadinho.

— Não. Deixe que eu tiro.

— Quero você nuazinha.

A blusa pela cabeça sempre despenteia.

— Vire para lá. Senão não tiro.

Menos uma pecinha. A blusa. A saia. O sutiã.

— A calcinha não.

— Coisinha mais linda.

— Para combinar com o colar.

O riso furtivo do colar vermelho. Ele só de meia preta.

— Tire, amor.

De costas, sem olhar.

— Parece um menino. Só que cabeludo.

Toda nua, de salto alto.

— Correntinha também é roupa?

Sem poder cobrir os três seios com duas mãos.

— Essa cruzinha o que é?

O crucifixo barato, presente do noivo.

— É enfeite.

O velho Jesus, quem diria, piedosamente virou-lhe o rosto.

— Esse noivo não existe.

— Aqui na aliança o nome.

Poucas delícias da vida: o azedinho da pitanga na língua do menino, a figurinha premiada de bala Zequinha, um e outro conto de Tchecov, o canto da corruíra bem cedo, o perfume da glicínia azul debaixo da janela, o êxtase do primeiro porrinho, um corpo nu de mocinha. Tão aflito não sabia onde agarrar.

— Veja como é quentinho. Pegue.

Ela pegou sem entusiasmo.

— Relaxe, meu bem. Não fique de pescoço duro.

— Ai, meus ossos. Você me machuca. Arre, que tanto.

— Dê um beijinho. Só um.

— Ah, não. Ah, não.

— Por um beijo eu dou o dobro.

— Olhe que sou cigana.

— Também sou.

— Se eu der, você quer mais.

— Não quero. Juro. Só um, anjo.

Ele mordiscou a penugem dourada da nuca.

— Agora um beijinho.

Ela deu.

— Mais um. Mais outro.

Já aos gritos:

— Só mais este. Ai, amor. Agora no tapete.

Olho perdido na parede: pinheiros ao pôr do sol.

— Descasco este limão com o dente. Um e dois (pastando e babujando no peitinho), qual o maior?

— São todos iguais.

— Não os teus, anjinho. Você é fria.

— Culpa do negrão. Fiquei assim. Igual minha mãe. Nervosinha.

— Quero pegar. Você não deixa. Aposto que não...

— Já li em livro. E faz mal.

— Só faz bem, anjo. Nunca experimentou. Você fingindo, e fingindo mal, eu não quero. Sei que houve o negrão. Hoje é o dia de esquecer.

Ela, quieta.

— Eu dou o dobro.

— O doutor é atiçadinho.

— Agora sente-se. Abra a perna. É aqui, amor. Aqui é o bom.

Sem ele pedir:

— Ai, que é bom.

O eterno gesto, esmorecida, cabeça para trás, rostinho em fogo.

— Você quer, anjo?

— Sim.

— Suba por cima.

— De que jeito?

— Assim. Venha.

— Cuidado que dói.

— Se dói, anjo, eu tiro.

— Devagarinho.

— Ponha.

— Tenho medo.

— Só a pontinha.

Ela pôs só a pontinha: entrar a uma virgem é perder-se no abismo de rosas.

— Agora por baixo.

— Ai, meu braço.

Tapete fino, muito magrinha.

— Só um pouquinho, amor. Ai, como é bom.

Mulher mais louca a que está nua nos teus braços.

— Que barulhinho é esse?

— Diga que é bom.

— É bom — com um sorriso. — Obrigada.

Ah, bandida. Ser baixinho é padecer numa coroa de espinhos. Hei de levar para o túmulo?

— Agora de pé.

— Será?

— Aperte as pernas. Mexa. Suspire. Grite.

— Não sei.

— Não sabe dançar? Então dance. Sem sair do lugar.

Salve lindo pendão da esperança, salve, salve.

— Veja, estou tremendo. Será de...? Tão diferente.

Testinha úmida, revirava o branco do olho, pescoço ondulante de cisne, a língua rolando no céu da boca.

— Desculpe a unhada.

Na hora nem sentiu, depois saiu sangue.

— O que você fez, querido? Ai, amor...

Vingado, eu, que nunca podia dançar com a moça mais alta. O baixinho de todas as paixões e nenhuma correspondida. Pardal nanico, por todas as tijiticas perseguido.

— Veja o que me fez. Minha mão, olhe, ainda treme. Ai, amorzinho.

Brilhou no céu em raios fúlgidos o brado mais retumbante que ouviram do Ipiranga as margens plácidas.

Já vestido, cigarrinho aceso. Abriu a bolsa, insinuou duas notas. No baile de formatura eu de todos o mais pequeno. Para o túmulo já não levo.

Ela vestida, penteada, pintada.

— Agora não mereço um beijinho?

Ficou na ponta do pé. De boquinha torta para não encostar, um tantinho enjoado.

— Cuidado, o batom.

Ela baixou a linda cabecinha, os dois pintassilgos abriram asas:

— Adeus, gostosão.

2

O eterno pedido, ainda de pé.

— Me dá um cigarro, João.

Na ponta do sofá, pezinho cruzado, mecha prateada no cabelo castanho.

— Por que essa mecha?

— Na outra vez eu já tinha.

— Tire isso. Teu cabelo é bonito. Mecha vulgariza.

— Nossa, João. As mocinhas estão usando.

— Por que veio tão tarde?

— Antes não deu. Ih, uma dor de cabeça.

E torce a cabecinha. Olha de soslaio e sorri — um pivô? Tão branco, só pode ser postiço.

— Você vive com dor de cabeça. Veio na hora imprópria. Toda essa gente na sala.

— Já imaginou? Se o noivo me vê?

— Diga se você quer.

— Você é que sabe.

Sorri, encabulada.

— Responda. Você gosta?

Baixa mais a cabeça.

— Gosta ou não?

Quando mente, o olhinho meio vesgo. Lá do fundo da alma:

— Gosto.

— Quero que capriche. Da última vez não foi bom.

— Estou com pressa.

— Eu também. Então comece. Tire a calça.

— Com o sapato não dá.

Antes o sapatinho vermelho, a meia desbotada. Depois a calça comprida azul.

— Agora a calcinha.

— Não me olhe, João. Que tenho vergonha.

Creme pálido. Ele ergue a blusa, ela o sutiã. O peitinho rosado, bico pequeno.

— Agora um beijinho.

Ela não retribui, dentinho apertado.

— Beijar não sabe?

Afasta a cabeça.

— Cuidado, o batom.

Ah, traidora. A boca limpinha, só pinta na saída. Outro beijo, a que não responde.

— Tem nojo de mim?

Para ela não passa de velhinho sujo.

— Pegue.

— ...

— Não. Em você.

Agarra a bundinha magra e aperta com força.

— Aí, meu Deus. O buraco da fechadura. Não tem perigo?

— Pendure a blusa no trinco.

— ...

— Agora ponha.

Ela pega e roça em volta.

— Seja boazinha, anjo.

Nem anjo nem boazinha. Um pouquinho arfante. Estremece o pobre corpinho. Ele sem paletó, gravata frouxa. Óculo aberto na mesa.

— Agora você sozinha.

Ela senta-se, olhando e sorrindo.

— Quero ver o barulhinho.

Instala-se ao lado.

— Abra a perna. Agora sou eu.

— Ah, não, João.

E prende-lhe o dedinho.

— Então venha.

Ela inclina o pescoço, as madeixas cobrindo o rosto.

— Só a linguinha.

Com elas brincando no lindo rostinho.

— É cedo. Espere. Outra vez.

Outra vez sentadinha, comportada e vesguinha.

— Agora por cima.

Ela vem de perna fechada.

— Abra, sua boba.

Não abre, não é boba. Esfrega a penugem dourada.

— Então se ajoelhe.

Afastando o cabelo, uma cortina prestes a se fechar.

— Só um pouquinho. Olhe para mim. Olhe.

Não olha, a desgracida. Gana de abrir o olho a tapa.

— Cuidado, você.

Geme, vira o olho, suspira. Agarrado na mecha preciosa. Ai, eu morro. Ela, bem quietinha.

Pronto, todo vestido, nem despenteado. Separa uma nota. Mais meia. Será que duas? Ainda fica mal-acostumada. Abre a bolsa marrom de couro: três moedinhas, espelhinho redondo, oh não, folheto de Madame Zora, famosa benzedeira, vidente, ocultista.

Ela volta do banheiro, o lábio pintado, batom na mão.

— Dá um cigarro, João.

— Por que não deixa, amor? Dói?

Risinho oblíquo e dissimulado:

— Ara, João. Faz cócega.

— Essa cócega, meu bem, é divina. Quer que te ensine?

— Agora é tarde. Escute as vozes na sala. Uma mulher falando.

Quanto mais gente na sala, mais gostoso.

— Esse teu noivo. Você gosta dele?

— Me beija sem parar. Mas eu não beijo. Sempre com a mão no meu ombro. Bem que ela pesa. Me dá ânsia de gritar. Só implica. Não quer que eu fume. Me pinte. Nem mecha prateada.

— Então somos dois.

— Muito ciumento, ele. Fazendo uma pesquisa na minha vida. Já soube do velhinho no Boqueirão.

— Que velhinho é esse?

— Depois eu conto. O sargento me quer prendada. Com estudo.

— Além de virgem.

— Ai, João. Álgebra não me entra na cabeça.

— Nem na minha. Você está magrela. É de não comer?

— Só cabeça quente. Deus me livre que falem de mim. De uma coisinha assim fazem um jornal. Estou com uma sede, João.

— Você vem porque gosta? Ou pelo dinheiro?

Pensativa e sonsa:

— Gosto de tua amizade. Se você soubesse, João. Como eu chorei.

— Por que, meu bem?

— Briguei com ele. Um ciúme desgraçado. Deus o livre. Pintura, não dá. Unha, só ao natural. Reinando com a blusa de crepe. Toda moça usa. O que tem de mais?

— É um monstro moral.

— Sábado chegou lá em casa. Eu com a blusinha azul. Ele disse: *Não gosto disso.* E foi puxar, quase rasgou. Fiquei tão braba. Bati a porta com toda a força na cara dele. Passei o domingo chorando.

— De amor?

— De raiva. Isso é vida?

— Ciúme é assim mesmo.

— Eu que não confio nele.

— Ele já tirou para fora?

— Credo, João.

— Casamento engraçado, esse. Que nunca sai.

— Eu é que pergunto. Se ele paga meu estudo. E a minha pensão. Será para jogar fora?

— Tem algum namorado no cursinho?

— Vê se posso. Na saída quem está esperando?

— Então me diga. Por que vem aqui? Será pelo dinheiro?

— Você é bacana. Legal.

Doentinha já se fazendo.

— Sinto uma dor na barriga.

— Passou a cabeça? Não será miopia?

— Acho que é fraqueza. Não tomei café. Saí apressada. Ai, minha vida, se você soubesse.

— Será úlcera?

— Não sei, João. Esta vida é tão triste. Estou precisando, João.

— Quanto?

— Você que sabe. Preciso fazer as unhas. Ele dá tudo. Mas abuso não quer. Uma medalhinha que eu compro ele não gosta.

— Tipo mais besta.

Estende o rostinho. Ele beija a face de leve.

— Já botei na bolsa.

— Olhe, João. O que nós fazemos. Nem os passarinhos podem saber.

— Apareça, meu bem.

— Está de gravata torta.

3

— Hoje estou muito ocupado.
— Credo, João. Só um cigarro.
— Acenda você.
— Pelo menos me dá uma nota.
— Antes quero um beijo de língua.
— Cheirando a cigarro.
— Você é fria.
— Eu tenho vergonha.
— Levante a blusa. Me dá o peito.
— Não aperte tanto. Está mordendo.
— Tire a calça.
— ...
— Agora a calcinha.
— ...
— Ajoelhe-se.
Inferiorizada, como deve ser.
— Sabe que é meio estrábica? Do olho esquerdo.
— Desde pequena.
— Não se acanhe. Acho até bonito.

— Outro dia eu...

— Diga: Ai, que bom.

— ...

— Diga.

— Ai, que bom.

— Diga: Quero mais.

— Quero mais.

Não é que o lindo rostinho afogueado?

— Outro dia eu chorei tanto.

— Chorou, anjo? Por quê?

— Da vida, João. Passei a manhã chorando. Sabe que...

— Agora não fale.

— ...

— Veja como é quentinho.

Sem que mandasse, primeira vez ela falou.

— Assim não.

— ...

— Aí. Bem no ossinho.

— ...

— Ai, que bom.

Sua cadelinha. Não é um abismo de rosas? Um turbilhão de beijos? Uma tropa galopante com espadas e bandeiras?

— ...

— Já aconteceu antes?

— Nunca.

— Jura?

— Por Deus do céu.

Uma cruz na boquinha molhada.

— Foi bom?

— Olhe, João. Deus o livre que alguém saiba.

— Sou casado. Nenhum interesse em contar.

— Todo homem é mulherengo. E muito gabola.

— Menos eu.

— Ai, que calor. Um aperto na garganta. Será febre? Sabe o que me representa? Que logo morro.

— As brigas continuam?

— Não param. Ih, tão nervosa, João. Ele deu em mim. Um soco na cabeça. Não posso me pentear, tanto que dói. Veja o sinal na perna. Aqui.

— Dele também?

— Não sei o que faço da minha vida.

— Desmanche. Um tipo assim não serve. Por que ele bateu?

— Cheguei atrasada ao encontro. Ele disse: *Você parece louca*. Respondi: Louca é tua mãe. Ai, por quê? Me cobriu de soco. Me defendi e acertou pontapé no joelho. Se começo a chorar, João, ele muda. Me pede desculpa. E diz, o cachorro: *O que tem o meu benzinho?* Basta que eu chore, pronto. Já se arrepende.

— Qual a graça do distinto?

— A cidade inteira sabe. Todo mundo conhece.

— Só eu não posso?

— Ai, se desconfia ele mata.

— Não conto para ninguém.

— É... Não digo.

— No domingo o que você faz?

— Passeamos de carro. Lugar onde tem gente ele não fica.

— E passa a mão? Ergue o vestido?

— Credo, João. Ele me respeita. Só aquela mão pesada. Sempre no meu ombro. Quer que me chegue, bem juntinho. Às vezes meu braço até amortece. Não posso olhar para o lado. Sabe que o exibido me beija guiando? Daí foi engraçado. No meio de um beijo abri o olho. Ainda deu tempo. Já estava subindo no barranco.

— Esta marca na testa? O que é?

— A pulseira do relógio dele. Ciumento, quase louco. Ontem, na hora que eu disse: É melhor que vá embora, ele me sacudiu pelo cabelo. E eu disse: Ai, seu puto. Por Deus do céu, João. Com aquela mão grande me acertou um tapa. Não posso encostar o dedo. Veja, não está roxo?

— Esse noivado não dá certo.

— Não sei, João. Se eu te contar você morre de rir. Os dois de carro, outro dia, no mesmo jeito. Aquele braço em cima do meu pobre pescoço. Daí eu disse: Pare na esquina, quero um sorvete. Comprei de creme e chocolate. Na saída, dois rapazes, que nem conheço, me disseram: *Aí, gostosinha*. Sabe que fiz a burrice de contar? Ficou bem doido. Puxou um bruto revólver, para isso é sargento. Cada bala deste tamanho. *Vamos voltar. Esse bandido engole o que disse*. E o revólver tremia na mão. Eu com medo que disparasse. Dando volta na quadra, aos berros: *Onde estão os cachorros?* Nem sei quem são. Isso é bobagem, André. Parecia o fim do mundo. Não aguento mais. Se ele descobre que estou aqui. Nem cachorro pode saber.

— Nem cachorro nem gato.

— Outra vez lá na pracinha. Passou por nós um carro com placa de fora. Dois homens. Um deles tirou a cabeça e olhou. Para quem, não sei. Ele aos gritos: *Você ri para todo macho. Quem é esse cara?* E eu vou saber? Então ele não pode virar a cabeça?

— O tipo é um monstro.

— Ai, João. Como se mete na minha vida, esse homem. Não tenho sossego.

— Você estava magrinha. Agora engordou.

— Nem de casa posso sair. Ele me levou ao médico. Duas caixas de vitamina. Engordei, claro. Até a calça meio apertada.

— Assim é bom. Fica mais cheinha.

— Seu nojento.

— Você ainda estuda?

— Não tenho paciência. Álgebra, já viu? É tão enjoada. Preciso trabalhar. E ele não deixa. Tenho que pedir dinheiro. Sabe como ele é? Mão fechada, assim. Só me dá o necessário.

— E o que ganha de mim?

— Já viu. Gastei tudo. Para um brinco, uma blusa, essas coisas, nada sobra. Que vida, João.

— ...

— Sem dinheirinho para nada. Me dá um cigarro.

— Só mais um. Você fuma demais.

— Se te conheço ele já me perguntou. Sabe o que eu disse? Não sei quem é esse moço.

— Obrigadinho pelo moço.

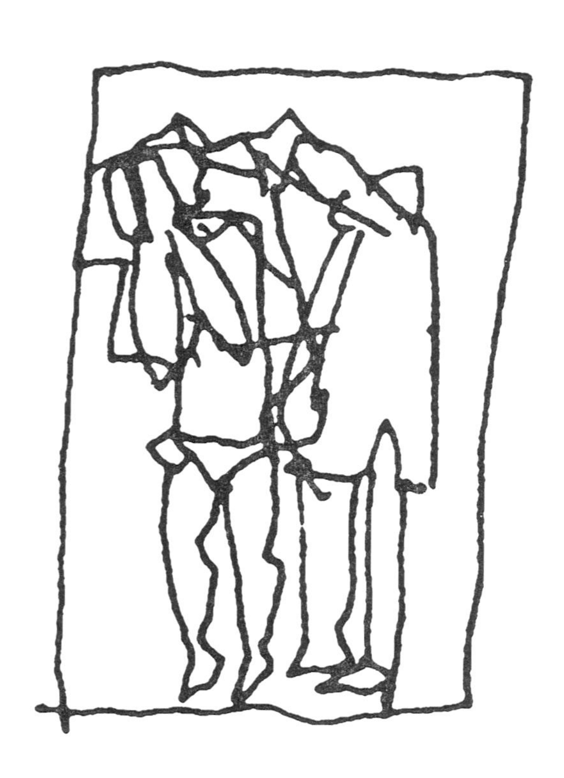

4

— Não venho mais aqui, João.

— Por que, anjo?

— Você contou ao sargento que me conhecia.

— Foi encontro casual. No café. Ele disse: *Me chamo André*. Daí me lembrei: Sou amigo do Carlito. A filha não é sua noiva? Ele respondeu: *A vesguinha? Conheço de vista.*

— Disse isso? Ah, bandido. Ele disse, teve coragem, a vesguinha?

— Bem assim.

— Ah, ele me paga. Só fala em você. Imagine se ele sabe que venho aqui. Por que fez isso, João?

— Não vejo nada de mal. Ele desconfia de alguma coisa?

— Olhe, João. Te peço pelo amor de Deus. Tudo que é sagrado. Não fale a ninguém que me conhece.

— Claro. O interesse é meu. Quer fazer um carinho?

— Não vim aqui para isso. Hoje não.

— Tire o peitinho.

— Foi uma bruta discussão. Vim aqui te prevenir. Se ele falar com você, tem que repetir direitinho. Eu estava na praça com minha amiga paraguaia. Você chegou e disse: *Oi, Maria. Como vai*?

— Essa não. Como é que fez essa bobagem? Se eu disse que mal te conhecia.

— Agora é tarde. Quero que você diga, se ele falar de novo. Que me encontrou na praça.

— Vocês não dormem juntos?

— Olhe, para você — e, a mão no braço dobrado, deu uma banana. — Que eu durmo junto. Já pousei na casa dos pais dele. Cada um no seu quarto. Então sou boba? Se eu deito com ele depois me larga.

— E o casório? Quando sai?

— Ele disse: *Daqui a dois anos*. Acha que eu espero? Qualquer dia, João, acabo com esse sujeito.

Ele babujava e mordiscava o seinho bem duro:

— Qual é o melhor? Este?

E depois o outro:

— Ou este?

— Seu nojento.

— Você esqueceu uma coisa. Se ele pergunta: Que praça? O que eu respondo?

— Credo, é mesmo.

*

— Pare com isso. Agora escute. Eu falei: Aquele doutor, amigo de papai, me contou: *Encontrei o seu namoradinho*. E você disse que me conhecia só de vista, seu cachorro? Ele respondeu: *Não tenho que dar satisfação*. Como não tem? Eu, tua noiva particular. Namorada firme de quatro anos. E ainda me chama vesguinha?

*

— Me dá um cigarro, João. Com uma dor de cabeça. Cada vez mais nervosa. Não sei o que é.

— Você vive se queixando. Aquele incômodo passou?

— ...

— Era do ovário? A trompa, não é?

— Credo, João. Que coisa. Agora estou boa.

— Dá um beijo de língua, amor.

Você deu? Ela também não.

— Que bobinha.

Decerto nojo de velho.

— Vamos tirar a roupa?

Sem calça, mas de blusa.

— Mostre o seio.

Ela ergueu o sutiã.

— Agora a calcinha.

— Isso não.

Pequena, mas braba.

— Quem tira sou eu.

Quero ver essa cadelinha gemendo. Hoje é teu dia, sua querida putinha. Só que ainda não sabe.

— Aí, não.

Os dois de pé. As mãos agarradas na doce bundinha.

— Aí, não. Machuca, João.

— Me dá o seio.

Ela deu.

— Agora o outro.

— ...

— Não tenha vergonha. Faça o que eu digo.

— Aí, não. Tenho cócega.

— É aqui, amor?

Em turbilhão de beijos a tropa galopante com espadas e bandeiras lá no abismo de rosas.

— Ah, não. João, você é louco. Ai, não.

O não mais fingido de todos.

— Até passou a dor de cabeça.

*

— Como é? Sumiu? Penteado novo, hein?

Crespinho, repartido ao meio.

— É a moda.

— Melhor que a mecha. Por que essa unha branca?

— Na outra vez eu mudo. Tão nervosa, João. Quando fico assim não presto para nada.

— O que houve?

— Faz vinte e um dias que o sargento me fugiu. Telefono todo dia. A bruxa velha finge que ele não está.

— Será que tem outra?

— Me dá um ódio.

— Houve alguma coisa? Vocês brigaram?

— Ia tudo bem. Ele pagou o dentista. Me ajudou no casamento de minha irmã.

— A que eu vi com você na rua?

— Essa mesma. Casou com um barbeiro. Muito bonzinho. Sabe, João, eu ia descendo a praça. Ele parou o carro, tirou a cabeça: *O que está fazendo aí?* Estou indo para casa. *Então me espere na esquina. Vou até o quartel e já volto.* Nem respondi, achei desaforo.

— Por que não?

— E as velhas na janela, já pensou? Daí não esperei. Fui para casa.

— Só por isso brigou com você?

— Não é bobagem? Vinte e um dias sem aparecer. Tem mulher no meio.

— Teus dentes estão bonitos.

— O dentista do quartel que fez.

— E o sargento pagou?

— Acha que eu posso? Sei que minha vida está complicada. Agora vence a pensão. Mais o colégio. Não fosse o meu irmão não sei de mim o que seria. Ele não pode com tudo. Já ajuda a mãe. Foi quem valeu a minha irmã para casar.

— Você não tem namoradinho?

— Deus me livre. E se o sargento aparece? Sabe como ele é.

— Então vá atrás dele. E se explique.

— Não tem um cigarro? Pelo menos uma balinha, João.

— Para tirar o gostinho, não é?

*

— Essa vida é um inferno, João.

— Alguma notícia do distinto?

— Trinta e cinco dias que sumiu.

— Já perdeu a ilusão?

— Minha gana é achar o desgracido. Que foi que houve, rapaz? Por que fez isso? Depois que vá para os quintos. Palavra de honra, João. Só isso eu quero.

— Já arrumou outro?

— Outro dia conheci um tipo. Magro, sabe o que é, João, uma folha seca e amarela? Se o vento bate ela levanta. Esse era assim. Transparente de tão magro. Dele não me agradei. Do Tito, sim, eu gosto.

— Que Tito é esse?

— Um moço de olho verde. Ele me disse: *Você, Maria, é o amor de minha vida.*

— Todos dizem isso.

— Esse não. É diferente. Quer até que eu conheça a mãe dele. Eu ia com minha amiga à praia. Daí apareceu na pensão. Você nos leva até o ônibus? *Só se você não for*, ele disse. *Se você for eu morro.* Daí nos levou de carro. Tão triste, que resolvi não ir. Vá você, eu disse para a minha amiga. Eu fico. Na volta ele começou a suar na testa. Parou o carro: *Eu sofro do coração, Maria. Você tem que dirigir.* Nossa, e eu que não sei? *Pegue no meu coração.* Eu peguei e pulava na minha mão. Quer que chame um médico? *Não precisa. Agora estou melhor.* Sabe que foi embora, aquela carinha de morredor, e nem lhe dei um beijo?

— Essa noite dormiu sozinha?

— Dormi nada, João. Chorei a noite inteira. Cedinho fui à praia.

*

— Sabe, João? Quem apareceu?

— Ora, o sargento.

— Fez de conta que não me via desde ontem. Não explicou nada. O quartel não deu a baixa que pediu.

— Ainda te ajuda?

— Disse que não pode mais.

— Vocês brigaram ou não?

— Nem discuti. O amor virou ódio. Não é mais ódio. Agora só desprezo.

— Como é que se arranja?

— Sabe que não sei. Conto com meu irmão.

— Você é fria.

— Eu sou assim.

— Assim não gosto.

— Acho que estou doente, João.

— Agora não fale.

— Meu seio está duro. Dói. Ai, não aperte.

— Dá um beijo. De biquinho. Assim.

— Assim não.

Mais que ódio, só desprezo.

— Me dá uma balinha, João.

Na gaveta sempre o pacote de bala azedinha. O bolso do guarda-pó branco do eterno menino: bala Zequinha, tubo de creme (por que verde, João?), anel magico, revistinha suja, haicai de amor.

*

— Eu amo o Lúcio.

— Que bom, não é?

— Ele é lindo.

— Tem se encontrado com ele?

O verme do ciúme babujou e mordiscou o pobre coração aflito.

— Me espera na saída.

— É carinhoso?

— Carinhoso e me respeita. Não é como esses que vão agarrando o peito.

— Ele te beija?

— Beija. Pega na minha mão.

— E o sargento?

— Para mim ele morreu. Está morto.

— Você é ingrata, hein? Um rapaz tão bem-intencionado. Quem é que paga tua pensão? E o colégio? E o dentista?

— Ele não pode mais. Sabe que está devendo?

— Teu caso com ele acabou?

— Para sempre. Tenho uma coisa para te contar, João.

Essa não, pequena vigarista.

— Veja como é quentinho.

— Estou em dificuldade. Até mudei de pensão. Eu e minha amiga.

— Por que mudou?

— É mais barata. A comida, pior.

— São quantas no quarto?

— Seis. Empilhadas nos beliches. Só converso com uma. As outras mal conheço. Cada uma entra numa hora. Sou a primeira. Quem chega acende a luz, muda a roupa e apaga outra vez.

— Cada vez que acende você acorda?

— No fim a gente acostuma.

— Qual é afinal a dificuldade?

— Estou quase louca. Tenho de pagar hoje o colégio. Três dias que não vou. Eles não deixam entrar. Com multa e juro. Você me empresta, João? Te dou um cheque.

— Começa que não tenho.

— João, não finja. Tal será você não ter — um doutor!

— Não tenho mesmo. E se tivesse não emprestava. Nosso trato você sabe qual é. Eu dou, não empresto. Faço a minha parte e você a sua.

— ...

— Tenho feito bem a minha, não é?

— Você não entende, João.

— Te dou até mais um pouquinho. Se pago hoje o teu colégio, quem paga amanhã? Teu irmão pode? Você tem que trabalhar, isso sim.

— Compro todo dia esse maldito jornal. Ontem vi um anúncio de dentista. Eu telefonei. Sabe o que a cadela me disse? *Já preenchi a vaga*. O que você quer que eu faça? Pegue homem na rua?

— Sei que no fim dá tudo certo.

— Vocês, homens, não valem nada. Homem bom, se existiu, morreu anjinho.

— Sua baixinha atrevida.

*

— Levei um susto. Dei uma risada nervosa. O sargento perguntou: *Do que está rindo?* Ora, não posso?

— Ele te beijou?

— Um beijinho aqui. Já pesou aquela mão no meu ombro. Me deixou na pensão. E foi tudo.

*

— No feriado viajei para casa. Fiz penitência. Confessei e comunguei.

— Quem te confessou?

— O padre Tadeu.

— Contou o que nós dois fazemos?

— Credo, João. Contei que disse nome feio. Que desobedeci a minha mãe.

— E o que ele disse?

— *Isso não é nada, minha filha.*

— Ah, se ele soubesse... Ainda garante que é virgem?

— A moça que não se cuida, a moça fácil, está perdida. Se for para a cama com um homem... triste de mim. Esse Paulo me disse: *Você é fria. Não é de nada*. Sou fria, não sou de nada. Bem que vive atrás de mim. Homem é bicho sem-vergonha.

*

— E o teu grande amor? O tal Lúcio.

— Ih, tão enjoado. Só falava na santa mãezinha. Não me queria na pensão. Que ficasse no pensionato de freiras. Já viu, não é?

— ...

— Ele não é como os outros.

— É uma das loucas?

— Nossa, João. Você não tem sentimento.

*

— Hoje estou nervosa. Sem graça. De beijo não gosto.

— Não gosta? Ou será que tem nojo?

— Beijo de cuspo, ui.

— De biquinho, anjo, não é bom?

— Só unzinho.

— O que você é, sabe? Uma enjoada. Cada vez mais chique, hein? Todo dia uma blusa, uma calça.

— Presente do sargento. Se ele dava, eu era boba de enjeitar?

— Não tire a botinha. Quero você de botinha.

— Viu meu sutiã novo?

— Bonito.

— Está pinicando. É áspero.

— Agora o peitinho.

*

— Sabe da última, João? No feriado fui para casa. Desci do ônibus, e quem estava na praça? Todo humilde, batendo continência.

— Fizeram as pazes?

— É o que parece. Mas não pense que gosto dele.

— Se ele quiser casar, você aceita?

— Agora eu faço questão. Nem que me separe depois. Quatro anos esse fulano me fez perder. Está certo me deixar na estrada?

— Claro que não.

— Sabe o que ele disse? *Maria, amor de minha vida. Quero te dar uma festa.* Viu como ele mudou?

— E o sumiço, ele explica?

— Foram as dívidas. Agora ele jurou: *É tudo outra vez, Maria, por minha conta.* Não pense que estou precisando, eu respondi.

— Soberba, hein?

— Se não trabalhei até agora foi porque você não deixou. *Credo, Maria. Você está diferente. Não será outro homem?* Eu é que te pergunto, seu puto. Outra mulher não será?

— Ingrata, você. Não tem pena do pobre?

— Passamos um domingo divertido. Me deu até o carro para guiar. Antes nunca deixou.

— E voltaram juntos?

— Foi a maior vergonha. Sabe aquele buraco entre os dois bancos? Me obriga a ficar ali, numa almofada. O tempo todo com a mão no meu ombro. Um já está mais baixo que o outro. Não tenho onde me encostar.

Veio um colega dele atrás. Nunca passei tanta vergonha. Cheguei com dor no pescoço.

— Se casar, anjo, você o engana, não é?

— Está louco? Vê se ele deixa.

— Basta você querer. Eu te espero depois de casada. Sem luxo de virgem.

— Você é um bandido, João.

— Toda cheirosa, hein?

— Ponho aqui, atrás da orelha. E aqui. Na rua os moços até se viram: *Que guria mais perfumada.*

— Agora não fale.

— ...

— Veja como é quentinho

*

— Se eu te conto, João, nem acredita.

— Parece tristinha. O que houve?

— Tipinho desgracido. Oi, sargento miserável.

— Fale, anjo.

— Estava tão alegre. Quando ele falou em festa achei que ia dar a aliança. Terça-feira caiu aquela chuva, bem na hora da aula. Parecia um buraco no céu. Esperava que ele aparecesse na saída. Que raiva,

João. Cheguei em casa encharcada. Me encostando nas portas. Não dormi, pensativa. Cedinho liguei para o quartel. Sabe o que me disse?

— ...

— *Como vai, sua cadela? Não adianta mentir. Agora tenho certeza que você me traiu.* Credo, que é isso? Eu não devo nada. *Não adianta.* Só você vendo, João, como estava nervoso. *Se quer saber melhor, ligue à noite para minha casa.* Assim não vale. *Vale, sim. Tiau.*

— Não me diga que...

— Desliguei com a mão na cabeça: Ele descobriu, o grande puto. Meu caso com o João.

— Não pode. Essa não. Espera aí.

— Chorei tanto. Me arreneguei. Vontade não sei do quê. Depois eu soube que naquela noite ele me procurou. Os sargentos que vieram com ele disseram que estava nervoso. Quase não falava. E aquele bruto revólver na cinta. Sorte não me viu na saída. Aposto que tinha me atirado.

— Ora, que bobagem.

— Já imaginou, João, eu morta?

— E daí? O que aconteceu?

— De noite eu liguei. A mãe atendeu. *Maria do céu*, ela disse. *O que você fez para meu filho?* Não sei de nada. Acho que alguma intriga. *O pobre virou a cabeça. Saiu agora pouco de casa. Disse que ia dormir no mato.* Então eu ligo mais tarde. Dez horas chamei outra vez da praça. Meu ouvido saiu doendo. Falou das dez e quinze até onze e meia. Ele urrava.

— Conte depressa.

— *Foi um homem que me avisou.* Diga então. Que homem é esse? *Não precisa saber.* Eu conheço? *Não te digo. Sabe tudo de você. Daí eu vi como você é cadela. O que ele me contou? Você tem um caso sério.* Com quem?

— Fale de uma vez.

— *Com o seu querido dentista.* Na hora que ele disse dentista, João, nasci de novo.

— Eu também.

— Que homem é esse? Decerto é ele quem me quer. Por que não conta quem é? Daí eu troco ele por você. Bem sabe que nunca houve nada com o dentista.

— Que o sargento não ouça. Não me disse que acha lindo o dentista?

— Lindo, sim. E daí? Nada entre nós. O que o homem contou do dentista? *Que ele te encontrava à noite. Depois que eu saía.* Você sabe que é impossível. No consultório nada podia acontecer. Nem que eu quisesse. A enfermeira — aquela filha do Tavico — nunca sai da sala. Você sabe que uma vez, uma única tarde, ele me levou para casa. E quem mandou? Não foi você? Ele lhe telefonou: *Dei dois pontos na gengiva da Maria. Não acho bom que vá a pé para casa. Por que não chega aqui? De carro?* E daí, homem, o que você disse? *Não posso. Estou de serviço. Será que me fazia esse favor?* Por Deus do céu, João, essa a única vez que o bendito dentista me levou para casa. No carro dele. De dia. A gengiva sangrando.

— Por mim acredito.

— *E os fins de semana?* Ele, aos berros. Já esqueceu com quem eu passo todo fim de semana? *Como é que vou saber? Se levei mais de quarenta dias sem ver você?* E levou porque quis. *Quando ponho uma coisa na cabeça não há quem tire. Você me conhece. Agora só quero te ver morta.*

— Para mim não precisa mentir. Não houve mesmo nada? Você não o acha lindo?

— Lindo, mas de corpo feio. Eu continuei: Por que não diz quem é o intrigante? Seja homem, André. Tenha coragem de falar. *Ele é o meu espião. É bom que não saiba quem é.* Isso é invenção tua. Que história é essa de dormir no mato? *Uma vontade que me deu.* E por que não foi? *Não interessa. Quero saber é do dentista.* Não devo nada. Sei que não devo.

— Puxa, que monstro, hein?

— Você acha que eu dormi? Chorei tanto. De raiva. Agora não dou mais confiança. Se ele quiser que me procure.

— Cada uma que você me inventa.

— Meu irmão, João, é um bandido. Bem quieto, olha para o lado. Você não sabe o que tem dentro dele. Saio daqui e conto da calúnia do sargento.

— Que loucura. Jogar teu irmão contra o sargento. Aposto que já não está convencido.

— Deus o livre (com o dedinho na boca) de alguém saber.

— O que, anjo?

— De nós dois.

— Quantas vezes já te disse? Meu interesse é tão grande quanto o teu. Que ninguém saiba. Acha que ele ainda acredita na história do dentista?

— Na outra vez eu te conto.

— Dá um beijinho, amor.

— Já é tarde. Até você, João, duvida de mim?

— Só perguntei, ora. Tire a roupa.

Falando sempre, ficou de pé.

— Esta vida é uma desgraça.

Enroscou a calça na botinha.

— Só comigo acontece. Não tem um comprimido? Ai, que dor de cabeça. Latejando bem aqui.

— Pare de se queixar. Agora não fale. Fique de botinha.

Sofrida, ainda mais bonitinha. Ajoelhou-se, ergueu os olhos (não para ele, lá para o céu), suspirou fundo. Quem diz: Pobre de mim. Ó Deus, me veja eu aqui.

*

— Tão doente, João. Uma gripe daquelas. Da chuva de ontem. Molhei os pés.

— Então fique de longe.

— Dói a garganta. Cada vez que você engole.

Ai, putinha querida. Dói cada vez que você engole — isso não é o amor?

— Injeção não tomo. Eu sou boba? Quanta gente morre na farmácia.

— Como é? Acertou com o sargento?

— O fim de semana passamos juntos.

— Meus parabéns.

— Lá em casa. O sábado inteirinho. De serviço no domingo. Só telefonou.

— Descobriu quem é o espião?

— Não quis dizer. Traga o teu espião, eu desafiei. Se tem coragem de falar na minha frente.

— Será que acreditou?

— Não chega o que eu já disse? Jurei pela alma. E jurando pela tua alma, João, quem pode mentir? Já viu, João, a alma?

— É sagrada. Eu sei quem é o espião.

— Sabe quem é!

Inteirinha vesga de tão aflita.

— Como é que sabe, João?

— Estou brincando, sua boba.

— Credo, levei um susto.

— E a festa? Sai o noivado?

— Não gosta de festa. Numa casa com mais de três pessoas, todo agoniado. Tristonho, não fala. *Em vez da festa*, já disse, *prefiro um passeio no campo.*

— Não se fie. No campo. Só os dois.

— Não é isso. Naqueles campos onde faz manobra. Que diabo de vida, João.

— A dele ou a tua?

— Esse coitado faz mais de vinte manobras por ano. Quando não está de serviço. Ai, tanto domingo perdido.

— Bem que dele você gosta.

— Domingo todos lá em casa. Não faltou ninguém. A sorte do sargento estar de serviço. Palavra de honra, João, o que eu fazia? Contava para meu irmão, na frente de todos. Sabe, Oscar, o que diz esse meu noivo? Que sou amante do dentista.

— Agora fique quieta.

— Com essa gripe, João...

— Suspire: Ai, que bom.

— ...o que você quer?

— Fale com ele.

— ...

— Diga: Como é grande.

5

— Domingo eu estava na janela. Passou um carro, era o dentista, que acenou alegre. Ao lado um homem que não vi direito. Eu também acenei. Durante a semana que fim levou o sargento? Liguei para o quartel. *Já sei do sinal para o dentista. Acha que sou corno manso?* Quer saber do quê? Vá para o inferno, você. Bati o telefone com tanta força, a moça olhou assustada. Me diga, João. O que é corno?

Ele explica direitinho.

— Ah, é isso? Puxa, nunca pensei.

*

— Sábado volto para casa, a mãe na janela: *O sargento esteve aqui. Veio deixar os trens.*

— Que é que ele deixou?

— Três discos. A almofada do carro. Um cabide.

— Ele explicou à tua mãe?

— Só devolveu. E disse: *O que a senhora está fazendo? Com esse pano?* Matando abelha. Tenho medo de enxu. Quer deixar recado? *Não carece. Depois eu falo.*

— E os presentes? Ele devolveu?

— Que nada. Duas gravatas. Uma água-de-colônia. Bem dizem: perfume para namorado dá azar. E uma camisa azul de bolinha.

— Conte a verdade. Do teu caso com o dentista.

*

— Preciso demais, João. Você me acode?

— Não sou teu namorado nem teu amante. Nem sei o que sou.

— Nossa, que mão fria.

— Veja como é quentinho.

— Mudei de pensão. Foi um custo. Mil pacotes.

— Então não cabiam no táxi.

— Uma viagem só. Sabe, João? Falei com o dentista. Negou tudo ao sargento. *Nunca houve caso*, ele disse. *E, se houvesse, o que tinha com isso? Por acaso é tua mulher?*

— ...

— Acha que o dentista é meu amante? Então vai ser. Marco encontro com ele. E caio na orgia.

— Tem coragem?

— Pouco estou ligando. Sabe que o bandido esteve ontem no colégio?

— Essa não.

— *Quero ver se tem outro*, ele disse. *Do adeus na janela já sei*. Eu estava de botinha. Se ele me batesse eu acertava um pontapé. Bem naquele lugar.

— Terceira vez te pergunto: Você tem caso com o dentista?

— Não chateia, João. Está vendo este pregador? Presente do Paulo. E quem eu vi ontem? O Tito dos olhos verdes. O Lúcio, esse, vive atrás de mim.

— Não disse que é bicha?

— É delicado. Respeitador.

— Queria te internar com as freiras. De quem você gosta é do sargento. E amanhã ele te procura. Com um presentinho.

— Que bom era antes. Eu, ele e minha irmã. Passeando no campo. Mesmo depois de velha, dele não esqueço.

Enxuga no lencinho uma sombra de lágrima.

— Seja boba. Ele não merece. No fim dá tudo certo. Quer um beijinho?

— Hoje não, João. Sabe o que, saindo daqui, eu faço? Chego lá no dentista. Se tem gente, eu espero. Quando ele aparece eu digo: A nossa conversa é particular. Assim que a filha do Tavico sair da sala: E agora, seu tratante? O que anda falando de mim? Sem que eu deva?

— E como explica o adeusinho?

— Foi o outro. Que estava no carro com ele. É o espião do sargento. Como soube tão depressa? Então uma moça na janela não pode dar adeus?

*

— Ele me convidou para o baile. Como é que faço com o vestido?

— Você não tem roupa?

— Será que não entende, João? Preciso um vestido longo, especial. Não tenho é dinheiro.

— ...

— Será que vou, João?

— Por que não?

— Depois desse baile tudo vai melhorar. Também, o pobre anda nervoso. Sempre ocupado em manobra. Não sei como ele aguenta.

— Por que não quer me beijar? Antes não era assim.

— Não gosto mais de beijo.

— Depois de tudo o que houve entre nós?

— Estou em crise, João. Não entende, você? Em crise.

— Sei, amor. Esse vazio existencial. Por que não vem nua do banheiro? É mais excitante.

— Isso não faço.

— Ora, por quê?

— Não faço, e pronto.

*

— Esta noite sonhei com o dentista. O lugar não me lembro. Apareceu de calça escura e camisa branca. Com uma azeitona entre os dentes. Sabe o que disse? *Estou esperando o sargento para almoçar.*

— E daí?

— Acordei assustada. Engraçado, João. Azeitona é o que eu mais gosto.

— Azeitona e dentista. Como era no sonho?

— Lindo.

— E ainda nega o que há entre os dois?

— Até você, João? Agora ele vai se casar.

— Como é que sabe?

— Ele falou para um conhecido.

*

— Na rua não repare se não te olho. Quem olha na cara de homem casado é amante.

*

— Chorei a noite inteira, João. Chorei tanto que o namorado da Rosinha, lá na sala, perguntou: *Que é que essa moça tem?*

— Puxa, a noite inteirinha?

— Não vê meu olho inchado?

— E por quê?

— De raiva. O desgracido acha que sou escrava. Sexta me levou até em casa. Sabe o que fez? Me deixou sozinha no fim de semana. Saiu para o campo em manobra. E eu perdida naquela solidão.

— Se distraiu passando roupa?

— Na casa do pai nem luz não tem.

— E como é que se arranja?

— Quem não tem luz dá um jeito. Você só faz pergunta boba. Sabe que ninguém fica no escuro.

— ...

— Este sábado o sargento vai ver. Se chegando todo mansinho: *Vim te buscar, meu bem*. Olhe aqui para ele. Já falei para a Rosinha: Agora só nós duas.

Tomar uma caipirinha. Ir ao Passeio Público. Ver cada homem lindo.

— Não esqueça o trapezista do circo.

— Homem não presta. Às vezes me dá vontade de arranjar uma mulher.

— Você já foi cantada?

— Duas vezes. Uma delas me disse: *Quer morar comigo, meu bem?* Ali na frente da Rosinha, já viu. Que será que elas fazem? Hein, João?

— Eu é que sei?

— Quero uma bem rica. Meu medo é que elas têm ciúme. Dizem até que matam.

— Cuidado, você. Bem que elas perseguem, judiam e matam.

*

— Segunda telefonei para o quartel. *O sargento deixou recado que liga na quarta.* Se você soubesse, João, o ódio que me deu.

— E com razão.

— Quarta sem expediente no quartel. Esperei a tarde inteira. Andando de um lado para outro. Com fome. Você telefonou? Nem ele. Eu sozinha e ele reinando com as putas.

— Até que tem ciúme, hein?

— E não posso? Ele não tem de mim? Não me deixa nem trabalhar. *Eu sei o que é chefe*, ele disse. *Não me fio em chefe de moça. Ainda mais bonita.*

*

— Duas vezes foi cantada?

— Duas, não. Uma.

— Me lembro que falou duas.

— Não foi bem cantada, a primeira. É a moça do cartório. Grandalhona. Fui lá de manhã pegar um documento. O funcionário atendeu, ela não me tirava o olho azulão. Achei esquisito. Quando o rapaz se virou, espiei sem querer — ela fazia biquinho de beijo. Baixei a cabeça, encabulada. Ela se ergueu e na passagem estalou mais um beijinho. E disse: *Você é um amor.* Minha mão tremia, João, tanto susto.

— E a outra? Como foi?

— Estava numa lanchonete. Com a Rosinha, comendo uma pizza. A tal sentou-se ao meu lado.

— Também grandalhona?

— Baixa e gordinha. Bem-vestida.

— Não tinha buço?

— Você tem cada pergunta. Até bonita. Foi dizendo: *Nossa, teu corpo é bacana.* Achei que era só conversa. Mas não desgrudava um bruto olho subindo e descendo. *Onde é que você mora?* Aí por perto. *Não quer ficar comigo, meu bem?* Não respondi. *De graça. Só quero você.* A Rosinha ouviu, me bateu no braço: *Estou atrasada, Maria. Vamos embora.* E lá fora: *Viu o jeito dela?* A tal pensou que sou bobinha. Já sei o que ela quer.

*

— Curitiba está diferente. Na pensão tem uma bicha-louca. Chama-se Lu. Usa calça bem justa. Tamanquinho.

— Tem barba?

— Que barba. Faz até sobrancelha. O maior gosto é ajeitar o cabelo da gente, pintar as unhas. Outro dia esteve lá no quarto, pediu emprestada uma fôrma de bolo. Convidou a Rosinha para curtir um som. Ela foi. O amiguinho abriu a porta. Coçando o peito cabeludo: *A Lu não está.* Não estava, hein? Engraçado esse mundo, João.

*

Casaco azul-marinho, blusa creme, calça cinza. Quanta saudade, meu amor.

— Estou com pressa. Não posso demorar.

Aflita para o reloginho de pulso.

— Daqui a pouco devo ligar para o sargento.

— Se é assim, pode ir.

— Puxa, você não entende, João. Com dor de garganta. Se eu passo a gripe?

— Fique de longe, você.

— Foi o maldito chuveiro. Banho frio em Curitiba, já viu. Conhece algum remédio?

— Cama, leite. Nada de sereno.

— É fácil dizer. Não sabe que estudo à noite?

— Como vai o sargento?

— Tudo bem.

— Como tudo bem? Outra vez chorou a noite inteira. Furiosa, queria se amigar com mulher.

— Agora tudo bem. Passamos o fim de semana com a sogra.

— E o baile?

— Ele quer que eu vá. O diabo é o vestido. Será que...

Depressa a interrompe.

— Você vai?

— Preciso, não é?

— Uma valsa e um beijo?

— Isso mesmo.

— Desse beijo você gosta.

— Não é beijo. Só delicadeza, João.

— Eu já sou de outras valsas.

— ...

— Como é? Você quer?

O longo cabelo no olho.

— Diga.

Sempre a cabecinha meio torta.

— Gosto que você diga.

— O que vim fazer aqui? Hein, João? Estou com pressa.

Ele chaveia duas vezes a porta.

— Tire a calça.

Só de blusa, calcinha, salto alto.

— Agora se vire.

— Ai, dói a garganta.

— Essa bundinha, que vontade de morder.

— ...

Saudado por trombetas e clarins, o tropel de corcéis relinchantes com bandeiras de sangue estremece na parede o diploma de grande cidadão benemérito.

— Já que não fala...

— ...

— ...se está gostando aperte a mão.

Ligeiro toque de três dedinhos frios.

— Agora sente. Aí não.

Reclina-se aos poucos no estreito sofá de couro.

— Deixa eu ver.

Afogueada, o cabelo no olhinho vesgo.

— Ó doce pombinha. Ó jardim das minhas delícias.

Reboa no peito o clamor de gritos selvagens.

— Mexa, você.

Babujando e gemendo — ai, como é bom gemer — e suspirando.

— Não fale assim, João. Que me encabula.

Agora o ritmo de uma rumbeira do famoso Xavier Cugat.

— Eu te mato, sua putinha.

Contorcionista sem osso? Terceira motociclista do Globo da Morte?

— Credo, João.

Gloriosa engolidora de fogo? Olho vendado, atiradora de sete facas? Ele geme e suspira. Ela, quieta — ao rufar dos tambores, a trapezista no salto suicida sem rede?

De súbito o uivo lancinante — dela, não dele —, mais alto que mil buzinas de carros, que soluça e morre ao longe na última pancada do relógio da catedral.

*

— Agora, sim. É o fim de tudo. Briguei com o desgraçado.

— Espere aí. Me conte do baile. Do vestido novo.

— Longo preto, João. Aplicações de flor, negra e fosca. Veja a nota. Ele que pagou.

— Sandália dourada?

— Preta, seu bobo. Assim posso usar outros dias.

— Que chique, hein? Tua família foi?

— Só meu irmão. Meu pai é um capiau. Minha irmã, a pobre, nem vestido tinha.

— E do sargento?

— Estavam a mãe, a tia, uma irmã.

— Então por que a briga?

— Já te conto, João. Depois da formatura, ele queria a todo custo que voltasse com ele. Não vou de jeito nenhum. Já perdi as aulas de hoje. *Já sei que aula não é. Teu macho é que vai encontrar. Tem que ir comigo.* E me jogou à força no carro. Fui gritando e chorando daqui até lá. Quanto mais eu gritava, mais ele abria o volume do rádio. Pare senão me atiro. E punha a mão no trinco. *Se atire. Se tiver coragem, se atire.*

— Você é doida. E se abre a porta? Se você cai? Se ele te empurra?

— Daí você lia no jornal: A pobre da Maria morreu na estrada.

— ...

— Chegando lá em casa ele me avançou no cabelo. Me beliscou. Agarrou pelo braço, me sacudiu, bateu sem dó. Ainda tenho a marca — quer ver?

Levanta o braço direito, procura o sinal, não acha. Daí o esquerdo, e aponta:

— É aqui, João. Bem aqui. Está vendo?

— Que judiação.

— Isso é coisa que um noivo faça?

Horas depois, sem dormir, ela pega o ônibus de volta.

— Não tenho mais sossego, João. Com tanto sono andei de olho fechado. Se você soubesse a dor de cabeça que estou.

— Também, pudera.

— Quero mostrar para esse bicho. Quem manda em mim.

— ...

— Sabe o que é uma mulher condenada, João? Uma mulher que fez o maior crime do mundo? Assim eu me sinto na rua. Parece que tem alguém atrás de mim. Em cada esquina eu paro. Imagine se, por azar, ele me vê entrar aqui.

— Nem brincando. Isso não é vida. Ou você casa ou começa a trabalhar.

— Se arranjo emprego, ele não deixa. *Chefe eu sei para que serve.*

— Então que case.

— Diga isso para ele.

*

— Como é? Acabou o noivado?

— O fingido voltou.

— ...

— Tire essa boca daí, eu disse. Longe de mim boca que puta beijou.

— Viu como é ciumenta? E se ele tem outra? Você não vem aqui?

— Meu caso é diferente.

— Por quê?

— Só venho porque preciso. Sabe, João, todo sargento é meio louco.

— Louquinha você também é.

— Ele anda sempre armado. Sabe que estou com medo?

— Não há perigo.

— Esta calça ele não gosta que use.

— Nem eu. Muito justa.

— Ele mandou tirar.

— E você?

— Não tirei, já viu. Só remexe na minha bolsa. Escarafuncha, até as notinhas ele abre. Imagine se acha o teu telefone. Ele me esgoela, João. Imagine se...

— Agora não fale.

*

Vestido creme, botão amarelo, sandália branca.

— Não tire. Esse vestido ninguém tira.

— Se não... como é que...

— Fique com ele. Eu só levanto. Devagarinho.

Erguer o vestido, ó que delícia, no tempo do vestido.

— Assim você me amassa, João.

— Ai, que coisa boa. Mulher de vestido.

— ...

— Por que não me beija?

— Não gosto, já disse.

— Tem nojo, não é? Então só o biquinho.

Ao manso beliscão do elástico na calcinha responde o arrepio fulgurante no céu da boca.

— Mostre o seio.

Ela solta um botão.

— Puxa, que você é fria.

— A perna eu não abro, João. Tenho vergonha.

— Então deixe eu.

— Assim me machuca.

— Não tenha medo. Bem devagar. É aqui?

Já vesguinha, mas não fala. Ele babuja o pescoço e, sob o vestido, eriça a doce penugem da coxa.

— Pegue nele. Agrade ele.

Um tantinho intrigada, só olha.

— Cochiche no meu ouvido. Palavra bem feia. Ah, não fala, sua... Não gosta de beijo, é?

— Ai, João. Tenho cócega.

— Abra essa boquinha mais linda.

— ...

— Com as duas mãos.

— Você me encabula, João.

E não é que obedece?

— João, você é louco.

Delicadamente baixa o vestido. Ainda ofegante, alisa as dobras.

6

— Ai, que dor de cabeça, João. Chorei de ódio daquele infeliz. Pensa que telefonou? Deu o fora, sem se despedir. Fiquei sozinha. Fim de semana horrível. Naquela solidão. De manhã achei o bilhete debaixo da porta.

— Você tem aí?

— Deixa que eu leio: *Meu amor. Tive de ir embora. E ontem estava de serviço. Não quero que saia por aí. Amanhã venho te buscar. Beijos de quem te ama e sempre amou — André.*

— Quer maior prova de paixão?

— Com tinta vermelha. Viu, João? Os riscos que ele fez. Debaixo de *amor* três risquinhos.

— Dia seguinte ele apareceu?

— Sem nada que fazer. Fiquei diante do espelho inventando uma trança. De repente aquela mão no meu cabelo — tire essa mão nojenta! Não deixei que me beijasse. Mania de beijo molhado.

— ...

— A proposta dele foi engraçada. *Hoje à noite vamos a Curitiba. Você muda de roupa, assiste à aula e voltamos.* Isso é loucura, eu disse. *Não é. Tudo certo.*

— Está apaixonado.

— Se você soubesse, João. Deu tudo errado. Na vinda, seis da tarde, uma pedra quebrou o para-brisa. Foi aquele susto. Sem tempo de mudar. Dez horas, na volta, uma ventania mais desgraçada.

— Sabe que assim o carro capota?

— Tinha o olho fechado. Não é que furou um pneu? Ele trocou. Na curva seguinte, furou outro — agora eu durmo nesta joça.

— Como ele resolveu?

— Achou telefone. Ligou para o capitão. Uma hora depois vieram os dois pneus. Quase meia-noite. Só de raiva tocou a mais de cem, o rádio a todo o volume.

— Bem fácil o carro despencar na barroca.

— Sabe que era bom? Na porta de casa, palavra de honra, as pernas tão amortecidas que caí. Dei comigo no chão. Ele me ergueu nos braços.

— Isso tudo é amor.

— Sei disso. Pior é a falta de dinheiro. Você não entende. Dinheiro nunca te faltou. Queria ver você, João. O sufoco em que estou.

— Isso passa. Nem um beijinho. Por quê? Tem nojo?

— Não gosto, já disse. Mania de vocês dois.

*

— A boquinha da Maria é linda. Ai, que boquinha mais doce.

— Pare de falar bobagem, João. Assim me encabula.

*

— Que tal o noivado?

— Tudo bem.

— Na última vez aquela desgraça. E agora tudo bem?

— É ciúme de lado a lado. Fico bem louca. Só de pensar que está com uma puta.

— E essa unha de púrpura? Por que não ao natural? Aposto que mais bonita.

— Você não sabe. Minha unha é amarela. Na outra vez uma surpresa. Apareço aqui de unha roxa.

— Daí os rapazes na rua: Lá vai uma tremenda pistoleira.

— Não chateia, João.

— Não invente mesmo. Nada mais vulgar que unha roxa.

— Hoje vou à sortista.

— Você acredita?

— Nessa eu acredito. Mora na Cruz do Pilarzinho.

— Não tem medo? Se ela põe coisa ruim na tua cabeça? Um amigo tirou a sorte. A bandida disse que morria aos trinta anos. Ainda está vivo, mas até passar dos trinta morreu não sei quantas vezes.

— Disso não tenho medo. Uma cigana me jurou que chego aos cem anos.

— Viu como é bobagem?

— Bobagem para quem diz.

*

— Desta vez briguei mesmo. Ele sumiu. Depois da manobra voltaram cansados. O capitão deu a todos uma semana de licença. O fingido se safou. Foi visitar a mãezinha querida. Pensa que acredito? Nessa hora sentado no sofá vermelho com uma puta de cada lado.

— Que cisma, a tua. Não tem prova. E você com o dentista?

— Não queira comparar, João. Não aguentei. Escrevi uma carta. Pus no correio com selo e tudo.

— Carta é documento. Só compromete. E guardou cópia?

— Sei de cor: "O senhor não me merece. Não apareça mais na minha frente. Você não tem consideração. As coisas que eu te dei pode ficar. O retrato de formatura, não. Se você não devolve, dou parte ao capitão. Seja homem, sargento. Ao menos uma vez na vida."

— Está bonita no retrato?

— Vergonha é que não faço.

— Também com aquele vestido preto.

— Agora tudo acabou.

— Coisas, você deu. E ele? Te cobriu da cabeça aos pés. Brincos, plumas e lantejoulas.

— Lá vem você. Mulher é diferente. Se visse a caneta que comprei.

— Com tinta vermelha?

— Não deboche. Deus castiga.

— E a sortista?

— Só falou a verdade. Que ele tem três mulheres de aventura. *E esse casamento*, ela disse. *Perca a ilusão, moça. Que não sai.*

— Essa sortista é outra bandida.

— Ainda me cobrou uma nota.

— A carta foi bobagem. E agora, no fim de semana?

— A Rosinha me convidou para ir à praia.

— Se quer acabar com tudo, vá. Imagine se ele te procura e você não está.

— Tem razão, João. Vamos fazer um trato? Preciso pelo menos cinco notas.

— Cinco eu não tenho.

— Sei que você não tem.

— Não tenho, e pronto. Te dou a metade. Ajuda, não é?

— Não te entendo, João.

— Quero mil beijos.

— Beijo vendido, não. Faço o de sempre. Fingida não sou.

*

— Como vai o sargento?

— Me largou no fim do ano. Só tenho chorado. Varei a noite em lágrimas.

— O que veio fazer?

— Olhar as vitrinas. Passear. Cada homem bonito.

— E eles não se chegam?

— Nem me olham.

Rindo, safadinha.

— Sei disso. Como foi de formatura?

— Se te conto do meu vestido, João. Você nem acredita.

— Era o preto?

— Outro. Um verde parecido com a tua blusa.

— Verde-musgo.

— Alcinha bem fina. Aqui, no peito, um búzio com asinha preta. Um búzio marrom.

— Enfeite?

— Enfeite nada. Para segurar tudo. Um alfinete de gancho disfarçado.

— Longo?

— Não se usa mais, João. Longuete. Tecido leve, trespassado, agora é moda. Sabe o que acontece?

— Diga.

— Não sabe? Não vê televisão?

— Explique.

— É aberto no meio. Mas ninguém vê. Quando você cruza a perna, um dos lados cai, tudo à vista — uma banana sem casca.

— E o sargento gostou?

— *Lugar desse vestido é no armário*, ele disse. *Não quero mais que use.*

— Devia estar linda.

— Feio é que não fiz.

— Quem pagou?

— Meu irmão. E tanto a gente gasta — creme, xampu, esmalte —, quando vi, faltava dinheiro.

— Aí o sargento pagou?

— Pagou não, João. Inteirou.

— E a formatura como foi?

— Chegamos em casa às duas da manhã. Sonhei com os anjos. No dia seguinte foi grande alegria. Ele passou o dia comigo. Na casa de minha irmã, só para me exibir — afinal eu posso, não é, João? —, fiz de propósito. Cruzei a perna, um lado do vestido caiu e ficou aquela coisa.

— Se ali estivesse eu passava a mão. Ai, coxa branquinha lavada em sete águas.

— Ele, não. Ranheta e resmungão: *Desse vestido o lugar é no armário*. Vê se estou ligando. Qualquer dia saio com ele na rua.

— O que tem o sargento é ciúme. Por que não casa?

— Hoje vi o dentista. De manhã.

— Ele te viu?

— Buzinou, riu, deu adeusinho.

— E você respondeu?

— Decerto. Outro dia liguei para ele. Caiu uma obturação. Sei que não tem garantia. Vou lá e não pago nada.

— Um beijinho esse dentista não deu?

— Lá vem você. Até parece o sargento.

— Não o acha lindo?

— E daí? O que é que tem?

— Um carinho não houve?

— Não chateia, João.

— Algum namorado novo?

— Não gosto mais de homem.

— Então de mulher?

— Qualquer dia vou a um terreiro. Só para me atiçar.

— Você é uma veada, Maria.

— Credo, João. O que é veada?

— Só brincando.

— E a Aurora Pires o que é?

— Ela é homem. Tem a voz de homem. Fuma que nem homem. Se pega uma menininha feito você, nem sei o que acontece. Ela nunca te cantou?

Olho bem vesgo debaixo da franjinha.

— A Aurora já conheço de fama.

— Nenhum namoradinho novo?

— Este ano, te garanto, sai casamento.

— Não te entendo. O sargento não te entende. Você é fria.

— ...

— E nem sempre. Duas ou três vezes aqui você gemeu. Quase tinha ataque.

— E os meus nervos? Não sabe, João, o que é sofrer dos nervos?

— Já te acalmo. Tire a blusa.

— Me despenteia.

— Se não tira, nada feito.

Braba, sob protesto, obedece.

— Não mexa no sutiã.

Azul bem claro. Ela mesma reparte em metades perfeitas o doce pesseguinho salta-caroço.

*

Sem saber mais o que fazer, o doutor se deita vestido, de paletó, sapato e tudo, ali no tapete.

— Procure. O tesão está por aí. Ache, você.

*

— Quando passeio na rua, os outros me olham, é nele que penso. O diabo do homem não sai da minha cabeça. Que será que ele quer, João?

*

— Agora numa pensão de japoneses. Eu e a Rosinha. Um quartinho, o banheiro comum. Direito ao café da manhã. Aguado com pão de ontem, margarina rançosa.

— E o almoço?

— Comi uma vez. Não gostei. Uns fiapos verdes. Como tempero, aquela coisa que é boa para susto.

— Que coisa?

— Um chá.

— De hortelã?

— Isso mesmo. Deixa o friozinho na língua. Japonês não sabe cozinhar.

— Como é que sobrevive?

— Um lanche. Às vezes almoço na casa de uma amiga.

— Aquela do apartamento chique?

— Tudo você sabe, hein?

— E o marido?

— Esse viaja. Nunca está em casa.

*

Blusinha de alça. Calça azul-escura. Mão pequena, pezinho lindo.

— Arranjei emprego.

— Até que enfim.

— Queriam me ensinar a técnica de vender. Fui logo dizendo: Pensam que sou burra? Que bato na porta: "Estou aqui para vender revista"? Sei o que falo. Tenho outras conversas. Não tenho, João?

— Muita gente vai te fechar a porta na cara.

— De homem, fecham. Tenho meus encantos. Sei como fazer.

— Ah, é?

— Não quero receber ainda. Não posso ver vitrina. Enfeite é a minha perdição. Tudo que é bonito.

— Como é que ergue?

— A blusa não tiro. Desmancha o cabelo.

— Então nada feito.

— O peitinho eu tiro. A blusa, arregaço.

Ele faz força.

— Não abre, João. Cuidado com a alça.

Baixa a calcinha rosa. Negando o beijo, o rosto de lado, a cabeça para trás.

*

— Como é o sargento?

— Vem amanhã.

— Agora está mais longe. Não pode vir e voltar no mesmo dia.

— Cabeceando de sono, quanta vez dormiu na direção. Para acordá-lo eu dava cotovelada.

— Sorte não morreram os dois. Acha que ele casa?

— Não sei. Minha vontade, João, é arranjar um noivo. Ontem marquei encontro. Com um rapaz lindo. Na hora, como sempre, não tenho coragem.

— Ia te levar para o hotel?

— Você é malicioso, credo. Tomar um chope. Nem encontro nem aula. Fiquei com dor de cabeça. Não dormi a noite inteira.

*

— Sabe que amanhã ele faz anos? Sou mesmo uma boba. Mandei um cartão. Antes eu dizia: "Com beijos da tua Maria." Agora sabe o quê? Só duas palavras: "Meus cumprimentos."

*

— Tem sido muito cantada?

— Às vezes. Mas não é como você pensa. Outro dia um deles me disse: *Com medo de me apaixonar, menina. Daí estou perdido. Não tenho futuro para você. Sou casado, dois filhos. O cabelo, ai de mim, todo branco. Mas nunca vi guria como você. Assim tão linda.*

— Esse não é o que...

— Não me atrapalhe, João. Ele disse: *Não quero nada. Sei que é virgem. Te respeito. Não precisa tirar a roupa. Vestidinha mesmo. Olhe o que te dou.*

— ...

— E mostrou duas notas das grandes. *Só quero que me beije.*

— Não te deu uma tentação?

Muito ofendida.

— Engraçadinho.

— Como é que eu e você?

Bem séria.

— Você é limpinho e cheiroso.

Já disposta a brigar.

— Me acha com cara de beijar qualquer um?

— Me diga, Maria. Mas não minta. É mesmo virgem?

Caçoando e sorrindo.

— Às vezes tenho minhas dúvidas. Um estudante de medicina que me adora. Peço um exame das partes baixas.

— ...

— Depois te conto o resultado.

*

— Telefone para mim, João. Este número. É da casa de um professor. Sempre a mulher que atende. Ela não pense que o velhinho está sendo descabeçado.

Ele disca o número.

— Da casa do professor Gaspar?

— Quem o deseja?

— O Fausto.

— Aguarde um momento.

Entrega-lhe o fone.

— E se ela volta?

— Daí desligue, sua burra.

— Como é? Pode me levar hoje?

Ela era o Fausto. Na presença da mulher desconfiada.

— Então à uma e meia. Naquela esquina. Entendeu? Tiau. Não esqueça de mim.

— Muito bonito. Com o professor Gaspar, hein?

— Nem diga isso, João. O velhinho mais inofensivo do mundo. Bom como ele só. A bundinha, coitado, bem murcha.

— Esse interesse por você?

— E meu por ele. Gosta de moça bonita. Só de guiar com uma bela companheira ao lado fica bem feliz. Quem consegue dos outros a assinatura da revista? Me valho do prestígio dele. Entendeu agora?

*

— Às vezes me dá vontade de virar puta.

— Sabe que não resolve? Já viu puta rica?

— E não vi? No meu prédio duas delas de carrão novinho.

— E depois que as rugas chegam? Adeus, puta.

— É. Eu preciso casar.

*

Furiosa, volta do banheiro.

— Desmanchei a barra da calça. Foi a maldita sandália.

— Depois você costura. Agora não fale.

Blusa amarela. Sandália de cigana. E a faceira bundinha de fora.

— Tire a blusa.

— Já vem você. Não tiro.

Bem ele gosta que tanto se negue.

— Então mostre o peitinho.

Ao abrir o sutiã:

— Está doendo hoje.

— Agora sente. Deixe que eu te beije. Sabe que tem a mais linda boquinha do mundo?

— ...

— Venha mais perto.

Ela se reclina molemente no sofá.

— Não faça luxo. Gema. Grite, amor.

Olhe eu aqui, ó Senhor. De joelho e mão posta.

— Diga que me ama.

O pior é que ela vê a coroa do velhinho.

— Pelo menos agora. Fale, amor.

Você diz alguma coisa? Nem a doce ingrata.

— Fale, amor.

Ganindo ali na porta do paraíso perdido e achado — olho aberto que nada enxerga.

— Veja eu. Gemo. Suspiro. E canto. Salve, salve, ó lindo pendão... ó símbolo augusto...

Na hora, sim, nem precisa pedir; ela uiva, uma verdadeira cadela.

— Cuidado. Alguém pode ouvir. Mais baixo.

*

— Que são essas unhas de vampiro? Não gosto dessa cor.

Leitosa de tão branca.

— Está na moda.

— Não na minha moda.

— Veja só o que ele pensa.

— Por que não me beija? Boca fechada, só virando a cabeça?

— Estou com afta, João.

— Não me venha de afta, você. Nem respondeu à minha pergunta. Tem nojo de mim?

— Vê se ia ter. Não gosto é de beijar. Não beijo ninguém.

— Não sabe o que está perdendo.

— Nem minha mãe eu beijo.

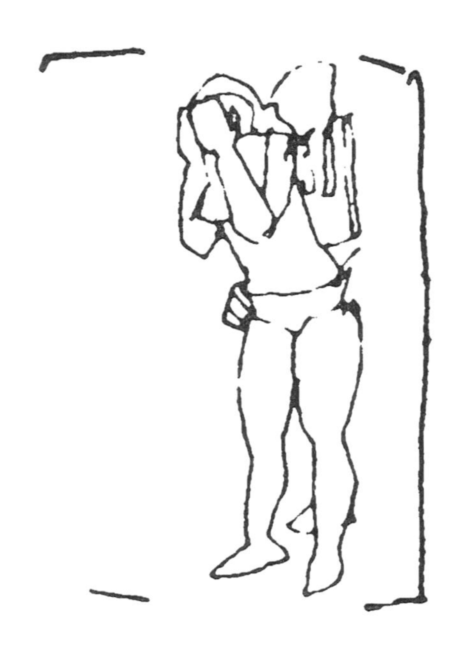

7

— A moça te procurou? Do pozinho mágico?

— Ela mora no Pilarzinho. Diz que eu devo ir lá.

— E você vai?

— Credo, João. Minha mãe tem uma reza contra a tentação. Acende uma vela e pede por mim.

*

— Estou engordando aqui. Não acha?

— Deixa ver.

Com as duas mãos afaga a doce bundinha.

— O tamanho certo. Como eu gosto.

— Você não entende, João. A calça já não entra. Aquela branca nem fecha na barriga. Está sobrando aqui — não vê?

Ergue a blusinha na cintura.

— Não se nota.

— Se o desgosto é grande, a gente engorda. Assim de repente, sem querer. Será verdade?

*

— Como é o viúvo da cicatriz?

— Fomos a uma boate. Ele me tirou para dançar. Lá estive com o sargento — única vez que me levou e dançou comigo. Por azar, João, tocou a mesma música.

— Qual era?

— Que tanto pergunta. Daí garrei a chorar. Molhava o ombro do viúvo. Ele ficou brabo. *Não vim aqui para ouvir lamúria.* Me levou embora.

— Você é uma boba.

— Ninguém gosta de mim. Não me olham, não me querem. O que eu faço, João?

— Trate de casar. Tua irmã não é feliz com o barbeiro?

— Pensa que um bom casamento é botar água na moringa?

— Coragem, Maria.

— Aquela fonte da Bíblia secou.

— E os famosos provérbios?

— Nenhum me valeu.

— Seguiu meu conselho?

— Qual?

— Não sair como da última vez. A calça branca, justíssima. E a blusa transparente, deixando ver a barriguinha. Só pode ser cantada.

— Na rua eles fazem assim.

Estalido de língua seguido de assobio.

*

— No escritório um doutor pedante, unha polida, me deu uma cantada.

— Que idade tinha?

— Mais ou menos a tua. *Sabe que a moça é bonitinha?* O senhor assina a revista? *Primeiro sente aqui no sofá. A moça janta comigo?* Daí perdi a paciência, João. Quer saber de uma coisa? Vá cantar tua mãe. E saí batendo a porta.

*

— Não é ciúme do dentista. Só pretexto. Pensa que não sei? Tem outra, o sargento. Ai, que ódio. Aposto que mais bonita.

*

— Sabe o que me aconteceu no Dia dos Namorados? O hominho me convidou para ir à Praça Osório. Ficamos perto do repuxo. Ele, poético. Falando na mãe. Por que será, João, que todos os meus namorados têm mãe?

— ...

— De repente num carro quem eu vi?

— Não me diga que o...

— Bem ele. O puto. Me deu uma tremedeira. Com vontade de chorar. O hominho perguntou: *O que você tem?* Não repare. Preciso ir até em casa. Minhas mãos tremiam. Ele disse: *A revista é aqui pertinho. Tua casa é longe.* Eu tenho de ir. Queria me desviar do hominho. Deixei-o de pé na praça. Com a mão estendida. Fingi que subi a primeira quadra. E voltei. O carro estava ali na esquina.

— Até que enfim o...

— Que burra eu fui, João. Em vez de me plantar ali, só de idiota fui até a revista. Claro que tinha de acontecer. Quando voltei, o carro não estava mais.

— ...

— Devia ter ficado na calçada. Sacudindo a bolsinha. Como se minha ocupação fosse essa. Que beleza, João. Um encontro com ele no Dia dos Namorados.

— E esse hominho?

— Não faz meu tipo. Fala na mãe. Propõe casamento. Se casasse corneava o pobre todos os dias. Ele é engraçado. O braço lisinho feito o meu. Gosto de homem forte. Pelo no peito.

— Como eu?

Pobre doutor, nem um cabelo no peitinho murcho.

— Adoro o corpo do sargento.

— Por que não casa com esse baixinho?

— Será que não entende, João? Você parece a Rosinha. Ela também: *Não quer amparo? Ele te dá*. Dá merda nenhuma.

— E a Rosinha rompeu?

— Que nada. O magro volta. E ela aceita.

— A Rosinha dá para ele?

— Duas vezes por semana dorme fora de casa. O que você acha?

*

— Hoje estou com torcicolo. Não posso virar a cabeça.

— Nem eu. E com pressa. Não achou o sargento?

— Já desanimei. Que é que você acha, João? Às vezes desconfio que casou.

— Ninguém casa de repente.

— Mas uma puta ele tem.

— E quem não tem? Não esqueça que é homem. Peito peludo e tudo.

— Como você é maldoso, João.

— E os namorados? Não voltou à praça com o baixinho?

— Viajou para a casa da mãe. Quer que eu escreva. Me convida a passar lá uns dias. Comendo as broinhas da velha querida.

— Você vai?

— Que merda de vida, João. Sabe o que me aconteceu? Estava na feira. De repente um negrinho se chegou. Já elogiando os meus olhos. Dizendo que nunca viu alguém tão linda.

— Que safado.

— Caí na asneira de dar confiança. O negrinho se grudou em mim.

— É preto?

— Uma castanha assada. A Rosinha falou: *Você é dos extremos. Agora um preto retinto.* O pior é que dei o número da revista. O negrinho não para de ligar.

Digo ao chefe que é um cliente. Na hora do lanche nem posso descer. O negrinho adivinha. Fica lá embaixo, esfregando a mãozinha rosada. Às vezes eu esqueço e dou com ele.

— Bem feito para aprender!

— Outro dia a Rosinha me seguiu de longe. *Você é ruim. Estava destratando o teu preto*. Fico tão contrariada, quem me vê acha que estou brigando.

— Deu esperança a ele?

— Que nada. Basta a mulher dizer não, o homem fica de joelho.

*

— Conte a verdade. Você namorou o dentista?

— Só um namorico. Ele foi lá em casa duas vezes.

— De dia ou de noite?

— Uma vez de dia. Outra de noite.

— Onde vocês ficaram?

— No carro. O banco de trás.

— Então houve bolina.

— Ficamos de mãozinha. Me deu um beijinho quando chegou. Dei outro quando saiu.

— No consultório nunca houve nada?

— De que jeito? Com a filha do Tavico ali de olho. E agora está noivo. Quer saber, João? Não gosto do corpo dele. A cara é linda, o corpo não me agrada.

— O sargento bem tinha razão.

— Isso foi inocente. E aconteceu depois de uma briga.

— Mas aconteceu.

— Você é um chato, João.

Confiada a esse ponto.

*

— Ontem sabe o quê? Estava na agência de turismo. Conversando com um cliente. Reparei no homem de terno — sabe que é lindo, João, homem de terno? Não me tirava o olho. Mulher vê tudo. Dei uma espiadinha nele. Que homem lindo, João. Corpulento, alto, dentinho de ouro. Foi logo me cantando. A conversa de sempre. *De quem são esses olhos mais verdes? Posso me ocupar deles?* Fiquei até com tosse. Começou a dizer tudo o que você sabe. Se vangloriando. Me convidou para ir à Confeitaria Iguaçu. Ele pediu uísque. Fiquei no martíni doce, com duas cerejinhas. Já contando, sem luxo: *Tenho três filhos. Com três mulheres diferentes.* Um sultão, João, caiu na minha vida.

— ...

— De uma coisa eu gostei. Tem uns trinta anos. Para mim homem há de ter mais de trinta.

— E menos de cinquenta?

— Pode ser mais. Até sessenta.

— Isso me deixa feliz.

— Outra coisa. A mulher deve ser mais bonita.

— O sultão é mais feio que eu?

— Bem vistoso. Lutador de caratê.

— E gabola. Grande mentiroso. Esses filhos ainda vão nascer.

— O corpo é bonito. E de colete. Não essas calças enjoadas. Iguais às do negrinho. Rosa-chocante, já viu? Me convidou para ir a São Paulo. Até passagem de avião ele paga.

— O que ele quer é te comer. Da confeitaria foi embora?

— Eu disse que ia visitar um cliente. Na Galeria Asa. Ele foi junto. O cliente não estava. O corredor vazio, meio escuro. Ele me enlaçou, João. É assim que se diz? Me apertou e me beijou.

— Ih, você não gosta de beijo.

— Eu disse: Ele me beijou.

— Deixou excitada?

— Credo, João.

— E ficou só no abraço?

— Estava na hora do avião.

— Entre ele e o sargento, com quem ficaria? Esse usa terno. E o sargento, calça engraxada. Qual é o melhor?

— Certo que o sargento. Tenho chorado tanto, João. Agora com mania de ver retrato. Meu velho álbum. Monte assim de fotografias. Uma tirada no campo, a que dói mais. Minha irmã bateu. Nós dois deitados, rindo felizes. No canto aparece até a fumacinha do churrasco. Por que será, meu Deus, isso foi acontecer?

— Calcinha nova, hein? Amarela.

— Cor da folia.

Afogueado, ele cochicha no ouvido e funga na nuca.

— Pare com isso, João. Você não tem vergonha?

*

— Já não aguento a petulância do negrinho. Sabe o que ele fez? Mandou um cartão-postal.

— Aberto ou fechado?

— No envelope. O safado escreveu: *Queria ser um beija-flor para sugar o mel dos teus lábios.* Ai, me deu uma raiva. Que burra eu fui, dizer o telefone. Esse negrinho não me deixa em paz. Naquela noite de chuva eu estava na porta do colégio, esperando o Jonas, professor de Biologia. De repente ali o negrinho. *Gostaste do cartão?* Detestei. E não fique aqui me velando. O professor já desce. Não pense que é namoro. Só vai me dar carona. O negrinho: *Guarda-chuva eu tenho.* Dispenso teu guarda-chuva. Saia logo que o professor já vem.

— O pretinho não tem algum encanto?

— Sem gosto para se vestir. Exibido. Gabola. Já não o suporto. Até a voz é enjoada.

— E o hominho da Bíblia, como vai?

— Ainda visitando a mãe. Dizem que os baixinhos, esses bem pequenos, são bons de cama.

— Obrigadinho pelo cumprimento. E ele, que tal?

— Ninguém sabe. Me dá uma balinha, João?

— A última. Chupe, não morda. Está de olhinho cintilante.

— Ah, se você soubesse. Foi o sonho que tive.

— Me conte.

— Agora, não. Sinto vergonha.

— Seja fingida.

— Não te digo.

— Que luxo, hein? Algum segredo entre nós? Esconder de mim um sonho, que bobagem. Sabe que falar faz bem?

— Você é impossível, João. Jure que...

— Por Deus do céu.

— Sonhei que estava numa cama de casal. Só de calcinha. Um homem comigo.

— Como ele era?

— Assim não conto mais. No sonho não deu para ver.

— Bonito pelo menos?

— Como é teimoso, João. Já te disse. Não pude ver. Ele me dava uma vontade louca.

— Vontade de quê?

— De ser comida.

— Em que posição vocês estavam?

— Ele por cima. Às vezes meio de lado. De repente — sonho, não é, João? — o tipo sumiu. Sabe quem no lugar dele?

— Não me diga. O...

— Ele mesmo. Nessa hora eu estava nuazinha. O pobre gemia: *Eu não posso, Maria. Ai, me aju-*

de. Fui ficando aflita. A cama ali no meio da sala. Uns homens entravam, olhavam e saíam. Já viu que engraçado? E mais vergonhoso? Eu, nuazinha, perna aberta. Ele me beijando. E eu dizia: Está louco, André? Não vê essa gente passando?

— E você tinha desejo?

— As duas coisas: tesão e angústia. Até que dei um grito.

— Me conte da cama.

— O sonho já acabou, João.

— ...

— Era preta. De guarda alta. O travesseiro, um só. Fofo, alto. E a colcha, como em todos os sonhos, era azul.

— Sabe o que significa?

— ...

— Que o sargento está na tua cabeça.

— O grandíssimo puto.

— Não corra atrás. Ele que volte, se quiser.

— E a saudade?

— Deixe que ele sinta.

— Acha que devo esperar?

— O que é a vida? O que a gente faz na vida senão esperar?

— Me dá mais uma nota, João. É aniversário de minha mãe. Sessenta e cinco anos, já pensou?

— Só esta vez. Não fique mal-acostumada.

— Merece um beijo. Não. Um só.

— E você tenha juízo. Não invente de dar para o negrinho. Se eu fosse mais moço, casava comigo?

Cala-te, João. Já tentou riscar no quadro-negro o voo fugitivo do assobio?

— Decerto. Deve ter sido lindo de bigodinho.

8

— Está pálida.

— Ai, João. É dos cuidos.

— Tem falado tão pouco.

— Sou assim.

— Não contou mais do sargento. Do viúvo da cicatriz. Do hominho da Bíblia. Onde estão eles? Que fim levaram?

— Credo, João. Você decorou minha vida.

*

Já vesguinha.

— Dá um cigarro, João.

O eterno pedido.

— Pelo menos uma bala azedinha.

*

— Uma novidade para te contar.

— Não diga que ele voltou.

— Que nada. Um novo amor.

— Bom para você.

— Novo amor — dele por mim.

— Me diga o nome.

— Não precisa saber.

— Pelo menos se é moço.

— Não digo, João. Só que é magro, alto, feio. E ganha bem.

— O noivo ideal.

— De magro não gosto. E não tem pelo no peito.

— Mania essa, pelo no peito.

— Bem me carrega no colo. Lá em casa, outro dia, tinha uma poça de chuva na frente da porta. Me levou nos braços até o carro.

— Então sai casamento?

— Sei lá. Enfastiada dele. Você parece o carioca que trabalhou na revista. *Assim que a Maria case,* repetia, *ela vai ser minha.*

— Eu também quero a Maria.

— Daí venho aqui: Casei, João. Agora sou tua. Disponha.

*

— Estou com pressa.

— Pelo menos um roçadinho.

— Roçadinho resolve? Só excita.

— Você, hein? Um sorvete e falando em excitação.

— Não conhece o sabor deste sorvete.

— Baunilha ou chocolate?

— Adivinhe. De qual gosta mais?

*

— Hoje, sim. Ninguém me tira o olho.

— Pudera, este peitinho à mostra. É provocação. Deixa eu pegar.

— Não aperte. Agora no elevador um velho me seguiu. Quase me comia de tanto espiar. Sabe o que é, João, não despregar o olho?

— Certo que sei.

— Foi tão insistente, tão atrevido, não se conteve: *Viva a primavera!*

— Minha primavera é você, Maria. Cuidado com este peitinho.

Ele inteiro na boca.

*

De repente:

— Vamos pôr nas coxas, João?

— Você gosta?

Bem vesguinha.

— Gosto.

— Feche o olho. Pense que sou o primeiro namorado. Aquele que te baixou a calcinha.

*

— Não aguento a comida da japonesa.

— Você está gordinha.

— Gordinha de sanduíche. O café sem leite. Aguado. Com pedaço de pão seco. Já disse: Tão ruim este café, dona Lin Su, devia ser de graça.

— E você toma?

— Que nada.

— Você é burrinha. Se não tem leite, por que não guarda na geladeira um pacote? Só para você?

— Burrinho é você. Daí os outros bebem. Cada moça que chega, um golinho. E para mim o que fica? Se fosse o café, João. O almoço, ainda pior. Bolinho de feijão. Salsicha com farinha, azia na certa. Carne, que é bom, ela nem conhece.

— ...

— Me desquito em casa. Mãe, faça um bife acebolado, bem gordo. Como eu gosto. E a galinha da mãe, João.

— Moela, coração e sambiquira.

— Recheada, João. Com azeitoninha no meio.

— Verde ou preta?

— Ai, tão cheirosa.

— Me deixa com água na boca. Pela galinha e por você.

— Tenho fome, João. Sabe o que é fome?

— E o sargento, quando ia à tua casa, comia muito?

— Três pratos. Tão guloso, chegava a ter soluço.

*

— É o João?

— Quem mais?

— Preciso de dinheiro.

— Hoje não tenho.

— Não minta. E não seja ruim. Preciso de qualquer jeito. Senão, como é que vou para casa?

— Onde você está?

— Aqui pertinho. Só subir.

— É que vem um cliente.

— Não faz mal. Nem olho para ele. Depressinha, João. Você dá o dinheiro e vou embora.

Logo ali, afogueada e ofegante.

— O cliente está?

— Ainda não chegou.

Estende uma nota pequena.

— Briguei com a diaba da Lin Su. Vê se é coisa que se faça. Hoje, cinco da manhã, bateu na porta. Acordei, assustada. Quem é? *Maria, será que aconteceu com a Rosinha? Até agora não veio.* A Rosinha foi à pequepê. E a senhora por que não vai? De manhã ela me olhou torta. Pomba, João. É novidade a Rosinha pousar fora? Você sabe, todos sabem. Uma vez por semana ela dorme com o noivo. Que ideia, a desgraçada me acordar. Cinco da manhã, o que aconteceu com a Rosinha? E meu sono de beleza? Não bastam os malditos galos?

*

— Outras meninas, na posição em que está, elas gemiam e ganiam. Nem suspira, você.

— Sou assim. Já disse. Também, esta droga de vida.

— Veja como é quentinho.

— ...

— Fale: O João está com o... na... da Maria.

— Não diga nome feio, seu bobo.

*

— Já esqueceu a manhã do nosso primeiro encontro.

— Faz tanto tempo.

— De calça branca. Blusa azul. Era linda nos dezoito aninhos. Corri atrás: Moça, espere um pouco.

— Você me cantou.

— Eu disse: Não se lembra de mim? O doutor João. Amigo de seu pai. Quer ir ao meu escritório? Uma oportunidade para a moça. Vi que ficou assustada. Vá sem medo, eu disse. Sou bonzinho e respeitador. Dobrei o canto do cartão.

— Bobinha, eu peguei. Parece tão longe.

— Quatro anos. Sou o mesmo, não mudei. O coração, ao menos.

*

— Passou o Finados em casa?

— Passei.

— Foi ao cemitério?

— Não gosto de ir nesse dia. Tem medo de cemitério, João?

— Um pouco.

— Eu, não. Vou lá aos sábados. Acendo uma vela na cruz das almas. Nesse sábado eu fui. Não tinha ninguém. Nem o coveiro.

— Só você e as almas.

— Caminhei até a cruz. E o vento não deixou acender a vela. Cheguei a pôr uma velinha na palma da mão — nem assim.

— E você reza? Pede alguma coisa?

— Peço por mim. Peço. E Peço.

— De repente elas atendem.

*

— O pai andou doente. Pneumonia dupla. Me avisaram que estava no hospital. Entrei no quarto, ele gemia. Daí me viu. Meio de lado: *Veio por minha causa?* Sim, pai. Me chamaram. Ele suspirou: *Então estou ruim para morrer.*

— Uma judiação o que fez. Não devia ter falado assim. Bastava dizer: Vim porque hoje era dia.

— Isso é fácil para você, João. Para mim, não. Fingir não sei.

— Às vezes é preciso.

— Comigo, não.

— Você tem mesmo esse cabacinho?

— Aquele homem que me levou ao hotel não fez nada.

— Por quê?

— Precisa que te explique, João? Eu não podia.

— ...

— Da outra vez, adivinhe.

— Só pôs nas coxas?

Cabeça baixa, vesguinha.

— Diga. Pôs?

— Sim.

— Você gostou?

— Já te disse. Veja meu seio, João. Como está grande.

— Até furando a blusa.

— Será que devo ir ao médico?

— Deixa eu apalpar.

— Dolorido. O sutiã incomoda. Só de roçar, dói. Antes eu sentia essa dor naqueles dias. Daí passava. Agora é sempre. Isso me chateia, João.

Ele apalpa demoradamente.

— Lindos que estão. Cheios, como eu gosto.

— Ai, não aperte.

— Veja como é quentinho. Não faz um elogio? Ele está esperando.

— Credo, João. Você é um safado.

*

— Fique de pé. Quero pôr nas coxas.

A calça caída aos pés. Aquelas pernas mais brancas, nem uma pinta ou mancha. Cabelo no olho, envergonhada.

— Veja, amor. Ele está olhando para você.

Sabe o que ela diz?

— Não seja bobo, João.

*

— Vivíamos aos tapas. Ele não tirava da cabeça o dentista. *Você me traiu, sua cadela. Aproveitou minha viagem para namorar o dentista.* Chegou a dizer que eu tinha marcado dois encontros. Isso é mentira, João. Maior mentira do mundo. Tudo obra de algum intrigante.

— Um namorinho houve. Você me confessou.

— Dois domingos foi lá em casa. Saímos juntos. Bebemos uma caipirinha no Bar Sem Nome.

— À tarde?

— De manhã. Pouco antes do almoço.

— Isso não é namoro?

— Para mim, não.

*

— Que um amigo telefone para a casa dele. Saber se é casado.

— Por que não você? A mãe te gosta, não é?

— Até presente dei para ela.

— Quer que eu ligue? Imagine só. "Alô, dona Zefa? Aqui é a Maria. Ainda sou a mesma. Não esqueci da senhora. Estou ligando para lhe dar um abraço. Se o meu noivado com o André acabou, amiga da senhora ainda sou. E o André, dona Zefa, como vai? Ele casou?"

— Veja, o coração pulando na boca. Primeiro porque adivinhou o nome.

— ...

— O maior medo quando falou: *E o André, dona Zefa, como vai?* Se ela responde: *Casou*, eu até morria.

— E se ele voltasse?

— Eu aceitava. Tudo como antes.

— Como antes, não. Briga todo dia. É puto...

— Vagabundo, desgraçado, filho da mãe.

— Viu só?

— Engraçado, João. Como sabia o nome dela?

— Isto é segredo.

*

— Eu devo perguntar. Mas não quero ouvir.

— ...

— Que ele casou.

*

— Esse Natal foi diferente. A doença do pai. Passou gemendo, uma pontada no peito.

— Ainda a pneumonia?

— Parece que coração. Não há dinheiro que chegue. A mãe sempre fazia pinheirinho, uma comida melhor. Era aquela festa.

— Você gostava?

— Detestava. E sabe que agora senti falta? Não aguentei de ver o homem deitado. Peguei o ônibus, aqui estou.

— Filha ingrata.

— Resolvia eu ficar lá? Minha paciência é finita.

*

— Da última vez não gostei.

— Culpa minha ter cliente na sala?

— Sente no meu colo.

— Nunca sentei. Nem vou sentar.

— E tua irmã, me conte. É feliz com o barbeiro?

— Sabe o que ela me disse? *Maria, não case. Nada pior que o casamento. Marido só azucrina. Criança chorando não tem graça. Conselho de irmã: Nunca se case, Maria.*

*

— Sentiu saudade?

Cabeça baixa.

— Saudade não sentiu. Pelo menos, falta? Um mês inteiro longe.

Olhinho vesgo, não responde.

— Fale.

— ...

— Está linda e cheirosa.

— Cheirosa sempre fui. Tomo banho toda manhã.

— Por que não desabotoa?

— Ai, que calor.

Em vez de erguer, tira a blusa. O sutiã bem pequeno.

— Primeira vez nuazinha. Só de sapato. Depois de quatro anos. Puxa, você é linda. Solte o peitinho.

— Cuidado. Que dói.

— Ai, tirar leite deste biquinho. Vire. Não. Assim.

Aquela confusão medonha.

— Te dou mais. Não se arrepende. Deixe.

— Ai, não.

Desgracida de uma peticinha sestrosa.

— Tenha medo. Não faço nada.

Beijos molhados na penugem do pescoço — ó rica pintinha de beleza.

— Posso sentar?

Envergonhada de estar nua — a última virgem.

— Ainda não. Quero você inteira. Nos meus braços.

Salto alto, a bundinha aprumada. Ó vertigem da página em branco. Seio de olhinho aberto, um para cada lado. Ora direis, ouvir estrelas.

— Tudo. Menos beijo. Na boca, não.

9

— Sonhei que estava num quarto com espelhos. Sabe aquele hominho da revista? Queria que eu conhecesse a mãe?

— O velhinho da Bíblia.

— Não esquece nada, hein? Primeiro estava com ele no quarto. Bem gordo, ele que gordo nunca foi.

— Espelho no teto, não é?

— E na parede. Acha que alguém engorda tanto e continua o mesmo?

— Em sonho tudo pode ser.

— De repente já não estava ali. Me vi atrás da parede do quarto vizinho — uma parede fina de madeira. Ouvindo a conversa dele com outra mulher.

— O que falavam?

— Mal de mim.

— Diziam o quê?

— Como lembrar, se era sonho? Não vi a mulher. Quem era não sei. Fui espiar os dois. Tirei o ouvido da parede, abrindo a porta, devagarinho. Como era pesada. Que aflição, João. Sabe o que vi?

— ...

— Um cachorro e uma cadela. De costas. Um de cada lado. Engatados.

— Quer que te explique o sonho?

— Seja bobo. Você não estava lá.

*

— Parece uma boneca quebrada. Sem ação. Por que não finge?

— Não sei fingir. Já te disse.

— Hoje a boneca sou eu. De você a iniciativa. Vai me possuir. Sou eu o passivo.

— ...

— Mexa, amor. Fale. Me aperte. Machuque. Faça tudo.

— ...

— Ai, amor.

— ...

— Quero dar para você.

*

— Próxima vez, amor, venha de minissaia. Você vem?

— Tenho um saiote. Dá por aqui.

— Que beleza.

— Branco e plissado.

— Ó maravilha. Branca que te quero. Na volta do banheiro, não de calcinha, mas de saiote. Só com ele. Nada por baixo. Faz isso por mim, amor?

— Quem sabe? Não custa.

*

— Esqueceu o saiote?

— Não vim aqui para isso.

*

— Você não participa. Não geme. Nem suspira.

— Te satisfaço, não é? Ainda quer mais?

— Às vezes fico meio frustrado.

— E eu não? Mas não reclamo.

— Lembra-se da tarde em que deixou o sofá molhado de suor?

— Saí daqui com dor de cabeça.

— Bem o contrário. A dor de cabeça passou.

*

— Houve uma vez, sim, em que você gemeu.

— Eu? Nunca.

— Até gemeu alto.

— Agora me lembro. É mesmo. Eu gemi.

— Viu, amor?

— Essa tua fivela da cinta. Estava me machucando.

*

— Trouxe?

— O saiote, não. Minissaia azulzinha. Quer ver?

A mesma alegria que na presença do dono sacode o rabinho do cão.

— Que maravilha. Ponha logo. Fecho os olhos. Na maior aflição. Sem calcinha.

Ela entra no banheiro. Primeira vez na vida o que eu mais sonhava. Quando vem, o relampo do sol nos olhos. A calça comprida e a bolsa na mão esquerda. De saiote branco plissado. Quase me ajoelho.

— Ai, não tirou?

— ...

— Linda assim mesmo.

— ...

— Deixa pôr nas coxas da mocinha. Que bom, a coxa imaculada de uma virgem. Mexa.

Ela não se mexe.

— Me aperte. Ai, amor. Faça tudo.

Ela não aperta, ainda reclama.

— Assim não gosto, João.

*

— Assim não faço.

Ele oferece o dobro.

— O que pensa que eu sou?

— Vista-se. Raspe-se. Não me apareça mais aqui.

— Acha que a tudo sou obrigada?

— Nem você nem eu.

De beicinho lacrimejante.

— O que você quer mais? Não te satisfaço?

— Só pela metade.

*

— Se você não chamasse, nunca mais eu voltava.

*

— Voltei a namorar aquele rapaz.

— Por que não diz o nome?

— Não interessa. Morro de medo de intriga. Só me falam que a filha de não sei quem está dando. A viúva de um outro pulou a janela. Medo louco que saibam eu venho aqui.

— E eu? Qual o interesse em revelar o nosso caso? Não sou casado?

— Ah, bem. Então eu conto.

— ...

— Ele é filho do Costinha.

— Aquele do açougue?

— Você conhece. Rapaz alto, magro, sem boniteza.

— E o nome?

— Fernando. Homem procura, João, quando a mulher não quer. Nada mais certo para reduzir o homem do que ser ruim.

— ...

— Com esse eu fui má. Por isso é que voltou. Não gosto de beijo, e pronto — eu disse. Nosso caso está terminado. Fique com as tuas negras.

— Que bobagem.

— Jurei que não voltava mais. E quando eu juro... Ficou trinta dias sem me ver. Eu, quieta. Eu, esperando. Até brigou com a mãe — lavou a calça com o papelzinho do meu endereço. Ele queria telefonar e não podia. Sei me valorizar. Um sábado, meu irmão lá em casa, pela janela eu vi o carrinho verde. Corri para o quarto. Meu irmão atendeu. Pensa que apareci? Demorei, me enfeitei. Tinha lavado o cabelo. Pus uma blusa vermelha de seda, uma calça justa, preta. Abri a porta assim uma princesa. Foi aquele susto. Ele não sabia onde se esconder. Fumava sem parar. Eu, rindo. Gostosona.

Ai, doce inimiga: não vê o bicho-cabeludo no meu peito que bebe deliciado mais uma gotinha de sangue?

— Toma um cafezinho? *Não sei se...* Já derrubando a xícara. Uma xícara que nem estava na mão. *Quer ir a uma festinha?* Eu me virei, um olhar que dizia não. Ele tossiu.

— ...

— Jantamos no restaurante. E até as onze ficamos num baileco. *Já é tarde*, ele disse. *Está chovendo. Teus pais vão estranhar.* Os delicados sabe que gostam de mulher braba? Na chegada lá em casa, o pobre viu o meu sapatinho de feltro. Pisou na grama, a água passa. *Não pode molhar o pé.* Dei um risinho de boneca. Me depositou no degrau da varanda. Segura, alimentada, pé enxuto.

— Dançando, não te encoxou?

— É incapaz. Puxa, que você.

— Dele está gostando?

— Amor, não. Afeição, sim. E vontade de casar. Basta de andar a pé. E não é ciumento. Isso é bom.

— Casada, você vem aqui?

— Por que não? Nada de beijo, não pense. Só uma conversinha.

— Então está decidida?

— Se não brigo outra vez. Deixa te contar do meu aniversário. O Nando veio a Curitiba comprar o presente. Bobinho, nem sabe escolher. Me deixou esperando com duas tortas e foi à casa da irmã. Começou a demorar, o desgraçado. Tanto que uma hora eu falei: Ele que vá à merda. E peguei o ônibus.

— E as tortas?

— Levei comigo, louca da vida. Equilibrando no colo. Pouco antes do almoço, gago de aflito, foi chegando lá em casa. Com um buquê de rosas.

— Ah, desgra...

— Vermelhas. E o presente embrulhado. Um secador de cabelo.

— Sem cartão?

— Cartão impresso. Com letra dourada. Que horror, João, letra dourada. Embaixo, a assinatura tremida.

— O que dizia?

— Essa bobagem. *Felicidade perene. Amor, estremecido amor.* Burrinho, não sabe escrever. Usou o cartão.

— E o aniversário, como foi?

— Refrigerantes. As duas tortas. Um bolo de vela.

— Vinte e cinco aninhos?

— Já te disse. E quatro. Arrumei tudo, direitinho. Meus pais são do sítio. Já eu sou moça da cidade. Comprei pratinho de papelão. Talher de plástico. Guardanapo de papel.

— Teu irmão, aquele que surrou de cinta a mulher, estava lá?

— Esses eu não convidei. Dele tenho vergonha. De criança já não gosto muito. E criança porca, malcriada, então... A menininha, essa beliscou a samambaia, abriu minha gaveta. Dei um tapa na mão. Sabe o que disse? *Sua veada.* Dei outro tapa. Na boca. Não fiz bem?

— Muito bem. Secador de cabelo, hein?

— Para os meus belos cabelos.

— Essa mecha branca? Por quê?

— Não chateia, João. Que tal se apareço aqui de falsa loira?

— Daí caio de joelho e mão posta. Dá um beijinho?

— Hoje, não. Nem respeita o meu aniversário?

— Beijinho é tão bom.

— Não quero, e pronto.

— Louco por você.

— Já é tarde, João. Desista. Hoje, não.

— ...

— Não me dá o dinheiro?

— Que dinheiro?

— Você é mesquinho, João. Como é ruim. Tudo você quer retribuição, não é? Vim receber meu presente de anos. Não me vender.

*

— Como vai de amores?

— Já não quero saber. Agora sou moça séria. Estou a fim de casar.

— Dá um beijinho?

Não responde, como sempre.

— Sim ou não?

Olha o reloginho.

— Estou com pressa.

Ele fecha a porta. Ela entra no banheiro, mas braba.

— Venha sem calça.

Apaga a luz, à espera da visão deslumbrante.

Ei-la, calça comprida e sacola no braço, as coxas fosforescentes. Ainda de botinha marrom.

— Minha bota rebentou. Não tem conserto, diz o sapateiro. Rompeu o zíper. Prendi com barbante.

— Está linda. Assim que eu gosto.

Aflito abraça-a e suspira fundo.

— Me aperte.

Tão sem graça o aperto, que dá raiva.

— Me envolva. Com força.

Sem vontade, ela finge que.

— Agora a calcinha.

— Que ódio, essa bota. Quase enroscou.

Ele ergue a blusinha de renda.

— Não morda. Que dói.

— Tão bom pegar nessa bundinha.

— Não gosto, João, que diga nome.

— Olhe só. Veja como é quentinho.

— Espere um pouco. Pôr um elástico na bota.

— Oh, não. Agora, não.

Procura na bolsa, acha o famoso elástico, prende-o em volta.

— Agora, vire.

Vira-se com a mão atrás. Abraça-a na barriguinha.

— Ai, mãezinha do céu. Mexa.

Como sempre, não se mexe.

— Agora, sente.

Ela senta-se na ponta do sofá. De blusa e botinha com elástico. Deita-se sobre ela, sem encostar.

— Cuidado, você.

Ele ajoelha-se, contempla-a do umbigo à covinha do joelho.

— Tudo isso é meu?

— ...

— Deixa eu beijar?

— Hoje, não. É tarde.

— Só uma vez.

— Devo respeitar o Nando.

Lateja a língua de fogo, ela estremece. De repente afasta-o com força. Ele inverte a posição: sentado agora, ela de joelho.

— Capriche.

Afaga-lhe docemente o cabelo. Ela sacode-se.

— Não me despenteie.

Ressoa na parede o relógio.

— Agora, amor.

Sobre a mesa dispara o telefone.

— Me beije.

Berra o pobre coração.

— Que eu morro.

Entre as nuvens, sem tocar no guidom, pilotando a bicicleta de uma roda — lá vou eu, mãos no ar.

*

— Não gosto de você, João. Mas não fique triste: não gosto de ninguém. Nem de minha mãe eu gosto.

10

— Chorei outra vez. Qualquer dia sei o que faço. Com essa minha vida.

— Credo. Não seja louca. Brigou com ele?

— Alegrinha no baile. Fui de longuete, com abrigo, por causa do frio. Todos me olhavam. Sinal que estava bonita. Eu, ele e meu irmão, solteiro. Que bebeu conhaque, misturou licor de ovo, ficou atordoado. Só olhava para a mesa das putas.

— Quais?

— As do conjunto musical. De repente enveredou para a mesa. Convidou uma para dançar. E a pistoleira, em voz alta: *Desculpe. Sou comprometida.* Sabe o que ele fez? Deu um tranco no pé da cadeira. Felizmente se conteve. Que convencida, a putinha. *Sou comprometida*, já viu?

— Por que não? A noiva do baterista. Na vida de toda putinha há um baterista.

— Ai, cidade desgracida. De manhã o diretor telefonou ao Nando: *Quem era aquele teu convidado, que deu um pontapé na cadeira?* Daí ele explicou. E que meu irmão não estava bem. Você acha que esse doutor tem moral para falar? Bêbado também é. E aquelas filhas? Até um negro entrou na casa. Todo mundo sabe da calça que deixou no chão. Entre as camas das moças. Quem ficou nua no repuxo da praça?

— Até agora não contou da briga.

— Deixa eu te dizer. Nem as moscas podem saber que venho aqui. Sabe aquela vez que me perguntou se te vi na rua? Vi, sim. O que é que não vejo? Fingi que não. Se acontecer outra vez, não repare. Uma irmã do Nando, eu nem conheço, disse que me sondou no ônibus, cochilando. Sentiu vontade de me bater no braço. Imagine se converso com alguém. Mais inocente que seja, ninguém acredita. Sabe como foi a briga?

— ...

— A maior bobagem. Assim tudo o que me acontece.

— A nós todos.

— Ele foi sincero, foi ingênuo. Só eu, burra, não acreditei. *Sabe, Maria, uma guria me telefonou.* "Como vai, moço?" *Certo que era você. Me dando um trote. Até a voz era igual. "Quem é você?"* "Alguém que te conhece." *"De onde?"* "Das corridas. Ontem não esteve lá?" *Eu sempre achando que fosse um trote. "Por que quer falar comigo?"* "Te acho um bonitão."

— Epa, não era feioso?

— Escute. Uma raiva quando ele disse: *Então me dê teu telefone.* Dessa parte, João, que não gostei. Por que pedir o número, se achava que era eu? "Se pensa que sou boba, Nando, boba não nasci. Suma-se de minha vida." *Espere aí. Se acalme. Me desculpe.* Daí bati a porta e entrei.

— Como você é braba.

— Esperei o telefonema. Sabendo que ia ligar.

— E se não chamasse?

— Eu morria, mas não piava. Quando ele chamou, João, falei quinze minutos.

— Contou no relógio?

— Maneira de dizer, seu bobo. Pode ser quinze ou cinquenta. Falei sem parar. Ele, humilde, inocente, se justificando.

— Ainda fica sem ele.

E afagou de leve a bundinha.

*

— Como vai o Nando?

— Briguei outra vez. Não é que cismou com o Allan Kardec?

— Não me conte.

— Tinha prometido deixar dessa mania. Mamãe já me preveniu: *Casar com louco, minha filha, não é bom*. Ontem no telefone ele disse: *Você passou mal a noite. Estava preocupada e não dormiu*. "Que história é essa? Você dormiu comigo?" *Os espíritos me contaram. Disseram que você é mentirosa*. Fiquei fula da vida. "Não acredito em fantasma. Deus é o único em que me fio. Não venha você com essa."

— ...

— Já decidi, João, assim não me serve. Outro dia ele fechou os olhos, invocando os fluidos mediúnicos... assim que se diz?

— Bem assim.

— *Vejo um homem perto de você. Está de camisa xadrez. Tem cabelo no peito*. "Deixe de bobagem, Nando."

— E se não é?

— Até você, João? Tenho medo quando ele começa assim. Me prometeu esquecer tudo. E falando outra vez no tal Allan Kardec. Um pouco antes, tive aquela irritação no olho — você se lembra?

— Claro.

— O Nando falou que os espíritos iam me operar.

— E eles...

— Fiquei boa, isso sim, por causa do remédio. Só uma coisa não explico. Disse que assistiu à operação. Descreveu o quarto. Sem errar nada. *Tua cama perto da porta. A amiga Rosinha no outro canto. A cabeça quase coberta*. Como ele adivinhou? Assim ela dorme, de lado, cobrindo a cabeça. Só o nariz de fora.

— Sabia que tinha duas camas o quarto. O resto é fácil imaginar.

— Quando namorava o sargento frequentei um saravá. Dava um dinheirinho pela consulta. E o safado do pai de santo me dizia: *Estou vendo um rapaz moreno. Sentado num banco de praça. Abraçado com uma loira*. Saía de lá chorando.

— Tadinha do meu bem.

— Já me viu, chorando pela rua? Quase fiquei louca, João do céu. E agora esse puto inventa mais uma. O copo falante. As tais visões.

— ...

— De espírito não preciso. Estou muito bem solteira.

— Seja doce, Maria.

— O Nando jura que larga do Allan Kardec ou nosso amor acaba. Agora insiste: *Por que não me chama de querido? Que sou teu amor por que não diz?*

— Ah, bandido.

— Um olhar, um gesto sincero não vale mais? Fingir não sei, João. Você não me deixa mentir.

— Claro que deixo, amor.

*

Só de vê-la — a doçura do quindim se derretendo na língua — o arrepio lancinante no céu da boca.

*

— Diga *mais*.

Ela não diz.

— Diga. Senão eu paro.

— ...

— Uma palavra tão fácil. Quatro letrinhas. Diga *mais*.

Se não diz, bem se contorce e suspira fundo.

— Ai, amor. Não faz mal. Eu gemo por você.

*

— Perdi a compostura. Desculpe.

*

— O Nando falou duas horas. Minha orelha até doendo.

— ...

— Sabe o que disse? *Por você desisti do Allan Kardec.* E para ele o mestre dos espíritos: *Quem era o protetor de nossa irmãzinha?* Imagine, eu irmãzinha desse bruxo. *Você namorou nossa irmãzinha. Se apaixonou em vez de cuidar. Isso é contra os princípios.* Sabe o que respondi? "Vá à merda, Nando. Você e teu pai de santo."

— ...

— Se queixa que, por mim, abandonou a mesa branca.

— Que mesa branca essa?

— O fantasma aparecia a quem ele mandava.

— Exibindo o dentinho de ouro?

— Ficou sem os poderes. É o que ele diz.

— Afinal se reconciliaram?

— Quer prender uma aliança no meu dedo. Que eu termine os estudos. Boba não sou. Esperar mais quatro anos.

— ...

— Fui alugada, eu sei. Mas não por muito tempo.

*

— Outro dia ele foi ao quartel. Falou com um capitão. Pediu para ver a ficha do sargento. Constava ali — e veio me interpelar — que havia internado uma criança no hospital militar. *Me conte a verdade: É filha dele?* “Dele, não sei. Filha minha é que não. Careço provar que sou virgem?”

— A última virgem de Curitiba.

— Decerto uma sobrinha, sei lá. Teve a coragem: *Não esqueça que me prometeu a fotografia colorida.* “Se ela não queimar, Nando, é que não tenho fósforo. Pensa que vou deixar se exibir? Apontar para o meu retrato — essa foi a minha guria? Arranje outra. De mim não se serve.”

— Não responde quando você fala assim?

— Só gagueja. A irmã dele, uma vez, me disse: *Você precisa ver o Nando brabo. Que ninguém chegue perto.* Já fiz tudo para ver. Acho que sou mais que ele.

*

— Se soubesse como estou triste. Vontade de me matar. Já ficou na cama, de olho arregalado a noite inteira? Pensei de enlouquecer. Bebi água três vezes. Uma hora quis sair para a rua. Precisava de espaço, de ar. Aquele quartinho de merda. Como é ruim, João, depender dos outros.

— Bem sei que é.

— Do Nando te contei na vez passada. Não parecia meu namorado. Fazendo beicinho e ares de soberbo, não se chegava. A mãe até reparou: *Que noivo é esse que não te pega?* Se ele não falava, eu muito menos. Sou a moça que ele não merece. A *miss* a que ele não tem direito. Um magricelo perebento fazendo pose para mim?

— Daí brigaram?

— Esperei que telefonasse. Não piou. Sexta eu liguei. Ele não estava. Que burra eu fui. Sexta é da sessão espírita. Garanto que lá em pleno astral, me espiando. Respondeu a velha cavernosa, nem comida sabe fazer. Ontem o fresco atendeu. No telefone tem coragem. *Sabe do quê? Um espírito me avisou. Que não dava certo. Eu não seria feliz.* Daí começou a discussão. Mais de uma hora.

— Ele não explicou por quê?

— Ficou na insinuação. Intriga, como eu detesto. Do tempo em que trabalhava no cartório. Quando tinha dezessete anos. "Quer desenterrar defunto, homem?"

— Me contaram que uma servente abriu a porta e surpreendeu o Lulo, de olho deste tamanho, erguendo o teu vestido e apalpando o peitinho.

— Viu só? Essa maldita cidade. Se me provarem que uma única moça casou sem fama...

— Não esqueça que sou pai.

— ... eu fico nua na Praça Tiradentes. Ele não teve coragem de falar a verdade. "Tudo acabado", eu disse, "sabe o que é? Nunca mais quero te ver na minha frente. Se passar por mim, não me olhe." Daí ele: *Olhar eu posso. Quem me proíbe?* "Virar a cara também posso. Virar a cara e cuspir na calçada, para espantar teu fantasma. Você não vale nada.

Não me merece. Quem está pensando que é? Até fome você passa."

— Isso mesmo.

— Sei que disse tudo. E ele só ensaiava. Decerto não estava invocado. O triste, João — por isso não dormi —, o triste é que eu telefonei.

— Ah, se soubesse das minhas vergonhas.

— Dei a ganja de telefonar. Lembrava disso na cama, tinha desejo de uivar. Já viu uma moça na rua, sozinha e chorando? Era eu, depois que desliguei.

— Grande tolinha.

— Estou pensando seriamente em morrer. Em me matar.

— Faça isso que depois se arrepende. Aí é tarde.

— Quase já fiz. Não aguento mais. Tudo contra mim. O mesmo desespero do tempo do sargento. Comprei formicida e guardei num vidrinho. No alto da prateleira. Isso no tempo da japonesa. Um rapaz, amigo da Rosinha, esteve lá e deu com o vidrinho. Atirou pela janela, quebrou a par do poste. Por que só comigo acontece?

— Até acho que do Nando você gosta.

— Não me insulte, João. Feriu o meu orgulho, será que não entende?

— Amanhã já esqueceu.

— Meu medo é o fim de semana. O maldito domingo. Ficar aqui não dá. Depois do almoço, no sábado, as portas vão baixando, fecham as lojas. Na rua aquele vazio de matinê. Acha que posso ficar num quartinho fechada? Andar sem sentido pela rua? Olhar vitrina? O pior é que tenho de ir para casa.

— Espairece ao menos.

— E lá a mesma tristeza. Quer que fique olhando para a minha mãe? Posso andar de carro com o meu irmão, de mão com minha irmãzinha. Isso resolve? Acha que vou ao baile com meu irmão? Os dois bebendo caipirinha?

— Arranje outro amor.

— Cada resposta boba, João. De outro amor não se trata. Estou falando de mim, agora. Agora estou desesperada. Quem telefonou fui eu. Isso não aceito, João.

— Seja menos orgulhosa.

— Não se espante se os jornais disserem que a moça foi encontrada morta.

— Pobre da moça.

— Ele me faz falta, João. Entende o que é fazer falta, pô? Ele me espera na chegada do ônibus. Ele vai à minha casa. Eu brigo com ele. Me leva de volta ao ônibus.

— Ele é o teu bordão.

— É o meu capacho, isso sim. Onde esfrego os meus pés. Pelo amor de Deus, João. Disso que sinto falta.

— Esteve lá no fim de semana?

— O que mais? Minha mãe toda nervosa. Quando fica assim, enxuga as mãos no avental. Molhadas ou não. De tímida que faz isso? *Ai, tão agoniada. O Beto não veio.* Gastando a mãozinha no avental. *Ele disse: "Me espere no sábado, mãe. A muda de roupa limpa. A camisa que a senhora engomou."* "Não me assuste, mãe. Já não chegam as minhas aflições? Deixe de pensar coisa ruim. Cai o raio em quem está na janela."

— E o Nando você viu?

— Nem que visse. Só na minha volta. Almocei mais cedo. Desci a pé, daquela lonjura. A sacola na mão, e uma fúria dentro de mim. Dobrei a rua e vi o carrinho azul. Devagar na minha direção. Era ele, João.

— E você?

— Cuspi na calçada. Parou a par do meio-fio. Buzinou de mansinho. Continuei andando. Ele não teve coragem de descer. Atravessei o carro por trás, fui para a outra calçada. Cabeça erguida, no meu caminho. O puto, decerto, olhava pelo espelhinho. Já chegando na praça da estação, a toda ele voltou. Só para se exibir. Dobrou uma esquina e eu, a outra. Não olhei para trás. Juro que não olhei, João.

— Se ele aparece? E você está na janela? Vendo a chuva e ele no portão?

— Seja bobo, João. Agora me lembro. Te falei no meu desespero. Na cama, virando de um lado para outro. Bebi água três vezes. Não dormi de raiva. O que é a vida, João. Não dormir é maneira de dizer. Tem uns pedacinhos em que você apaga. Tão dentro da minha cabeça, em vez de deitar com um galã, sonhei foi com ele.

— Então conte.

— Diz que ele estava num portão. Não era lá de casa. Tinha um gramado ao lado. Diz que eu dei com ele. Que raiva, João. Foi a minha vingança. Diz que eu saí furiosa, o sapato na mão. Diz que eu o derrubei no chão. E arranquei-lhe a calça. Ele já caído, puxei assim a calça, estourando os botões.

— Há um símbolo na cena. Você queria dar para ele.

— Não me fale em símbolo, João. Ouça. Diz que eu arranquei a calça. Subi por cima dele. Aí vem o pedaço bom.

— ...

— Diz que com o salto do sapato, aquele marrom de baile, batia na cabeça dele. Acho que arrebentei a cabeça. Dava na testa dele. Que força eu tinha, João. Erguia o braço, com o sapato na mão. Descia o salto na cara do grande puto. Diz que no fim eu dava com a mão fechada.

— ...

— Engraçado, eu via o corpo dele. Como se não estivesse em cima. Aquele magricelo estendido. Ameaçando pôr a mão no rosto.

— Pare de rir, você.

— A coxinha bem branca, João. Aquela cuequinha desbotada.

— Enxugue as lágrimas.

— Acho que me aliviou um pouco. Agora me diga. Por que ele me perseguiu de carro?

— Ele e eu não resistimos aos teus encantos.

— Então estou vingada.

— Você é uma querida assassina.

— Não há de me esquecer. Esse carniça lazarento.

— Agora não fale.

— ...

— Veja como é quentinho.

— Credo, João. Só pensa nisso? É tarde. Volto amanhã. Se não aparecer...

— Ah, ingrata.

— ...já sabe que eu morri.

11

— Já se reconciliou?

— Oferecida não sou. Meu irmão foi o pretexto. Odeio esse fricote. Na festa da igreja o Nando se chegou. *Bom dia, moça. Como vai?* Falava com o Beto e olhando para mim. Eu, bem quieta. De tardezinha, em casa, fui para a janela.

— Não era mais fácil o portão?

— Fácil para você. Oferecida, já disse, não sou. De repente o que vi? O carrinho dele. Passando bem devagar. Não teve coragem de descer, eu atrás da vidraça. Até alegrinha.

— ...

— Domingo apareceu lá em casa. A conversa foi a chuva que não caiu, o elefante vermelho de louça, o bico do meu sapato. Na despedida, não resistiu, um beijinho na testa.

*

— Sabe, João? Já tenho quem me adore.

— Não se mata mais? O Nando voltou?

— Quer que te conte?

— Fale mais baixo.

— Esta vez não só o beijo na testa. Duas da tarde, o puto foi lá em casa. Eu varrendo a salinha, lenço vermelho na cabeça. *Está o Beto?* "Não seja fingido, rapaz. Eu estou." O magro, quando sem jeito, mais se afina. *Quer dar uma voltinha?* Fui me arrumar. Voltei com um xorte branco, por aqui. Garradinho na virilha não gosto, vulgariza.

— Bem que eu gosto.

— De short branco e camiseta azul-céu.

— Ai, que linda.

— Fomos à piscina, no carrinho azul. Nesta época não tem ninguém. Quando desci, ele se afastou um pouco, o olho deste tamanho: *Você me atiça. Que boa você assim. Como é gostosa.*

— Quem dera fosse eu.

— *Outra vez a minha namorada?* Nem sim nem não. Daí repetiu o que não gosto. *É a mulher de minha vida. Sem você não sou ninguém.* Só dramalhão barato.

— Não te derrubou no matinho?

— É bem-ensinado.

— Fosse eu, te dava com uma pedra na cabeça.

— De mãozinha, voltamos para casa. O rádio ligado, pediu que me chegasse.

— De que jeito?

— Fiquei assim, está vendo? Encostada nele. Que me envolvia. Dava beijinho no pescoço. *Pare. Que me arrepia.* Aí quis um beijo. Eu dei. Não pense que de noventa segundos. Ele não tirava o olho grande de minha perna.

— Nem eu.

— Ainda com dor no braço. Enquanto me apertava, dizia: *Sou magrinho mas forçudo.* Tanto que me deixou marcada.

— ...

— De repente os gritos da mãe: *A janta na mesa, gente.*

— Onde ela estava?

— No portão. Enxugando, a pobre, a mão seca no avental xadrez.

*

— Não te dou mais cigarro. Nem bala azedinha.

— Ah, é?

— Você não merece.

— Olhe, João. Não venho mais aqui.

*

— Afinal o que sente pelo Nando?

— Ele é sequinho. Aquelas perninhas dão pena. Não é o meu tipo, você sabe.

— A saudade do outro?

— O sargento, esse, era homem. A sombra na calçada cobria a minha. Ah, desgracido. Escapuliu pelo vão do meu dedo.

— ...

— Bem sentado, era aquele volume, estalava o sofá vermelho.

— ...

— O Nando, quando se chega, é na pontinha do pé.

— ...

— Ah, se me lembro. O bruto nariz do sargento. O bigodão negro. Cheirando a cigarro. Aquele peito peludo. Ainda hoje, toda derretida.

*

— Noivando com o Nando, não deixe de vir, hein?

— Casada, sou mulher séria.

— ...

— Venho, sim. Só para conversar. Você é meu confessor. Meio safadinho. Mas não tenho outro.

*

— "Quer que adoce o teu café?", eu perguntei. Sabe o que respondeu? *O café, não. A minha boca.*

*

— Prometeu não ser ciumento como o sargento. E agora inventa que fui vista com um namoradinho. Agarrada, aos beijos e abraços, em plena Praça Tiradentes.

— ...

— Sabe o que respondi? "Você, Nando, é um passarinho escondido nas nuvens. E vê o que não faço."

*

— Os homens sempre te perseguindo?

— O que você acha? Que um deles ainda me come? Ele me pede, eu dou e depois fico na esquina.

— E o velhinho da Bíblia?

— Às vezes eu o vejo. O pobrezinho, além de apaixonado por mim...

— Mais do que pela mãe dele.

— ... só não queria que me matasse. Para ele a Bíblia é o anjo salvador.

— Leia o *Cântico dos Cânticos*. Melhor que revistinha suja.

— Olhe a minha calça. Que azar, rasgou aqui.

— Onde?

— Não vê um risco da perna aparecendo?

— Ai, que tentação. Essa nesga branca me faz um bem.

*

— Tão justa essa calça preta.

— Do tempo do sargento.

— Ele te deu?

— Certo que não.

— O fim de semana está aí.

— Fula da vida com o Nando. Ontem me telefonou. Vinha a Curitiba. Passando uma hora juntos. Agora diz que não. Vai a uma festinha. Sabe o que teve a coragem? No coquetel não pode mulher. Este desprezo não aceito. Depois finge que espírita não bebe. Até cachaça ele enxuga.

— E você põe a culpa nos outros. Quem é que briga? Qual é a ruim? Depois não diga que se mata. Seja mais tolerante.

— Que vá ao coquetel, o puto. E eu saio com o viúvo da cicatriz.

— Seja boazinha, amor. Só quer discutir.

— Meu medo é noivar. Sabia que todas as casadas são putas?

— Epa. Que história é essa?

— Olhe a mulher do Rubião.

— Não é uma loira platinada?

— Essa mesma. Foi vista no meio da noite. No carro de um macho. E não era pescaria.

— Quem mais?

— A do gerente do banco esteve em Santa Felicidade com o André bicheiro.

— ...

— Tem outra, de carrinho dourado, que sai à caça de soldado.

— ...

— A mulher do gordo Pestana, essa, todos sabem. Pega os mocinhos e leva para o motel. Até paga o quarto. Com espelho no teto.

— Ai, mundo perdido. E as solteiras inocentes já não são. As filhas do nosso pobre doutor.

— Essas deitam com homem dentro de casa. Não foi só o negro. Também o pai não se dá o respeito. Agora uma nova amante.

— Quem é?

— Sei que é bonita e mora perto da Curva do Tomate.

— Veja como é quentinho, amor.

— Me ajude a tirar a calça.

— Esta botinha é aquela?

— Outra, não vê? A calça presa por dentro. Me ajude. Puxe, você.

— Que linda esta calcinha azul. Eu também te arrepio?

— ...

— Credo, você não fala. Mexa, ao menos.

— ...

— Ai, que doce barriguinha, essa tua.

— ...

— Diga se é bom pôr nas coxas. Diga. Não seja ruim.

— ...

— Agora deite. Abra a boquinha. Venha mais para a frente. Abra mais, assim.

— ...

— Deite, amor.

— ...

— Se não abrir bem, não faço mais.

— ...

— Gema.

Ofegante, quando muito.

— Deixa eu... Só um pouquinho. Não dói.

Nessa hora bem vesguinha.

— Se doer...

— Não seja louco!

— ...eu tiro.

Com ataque, rola a cabeça, se contorce toda.

— João do céu!

Gemido tão alto que assusta: É ela? Sou eu?

12

— Agora, sim. Tudo acabou. Acabou sem remédio.

— Acabou até começar outra vez.

— Acordei pensando em vir aqui. Preciso contar. Ele e meu irmão parecem namorados. Sabe que me dá medo? De repente se beijem na boca. É de lado a lado. Fazem até rodinha no salão.

— ...

— Entre eles a ponte sou eu. Não sei como dizer, João. Um magriço, o Nando. Perebento. Por ele não sinto nada. Como é que se explica? A ideia de que me substitua por outra não suporto. Eu mato a outra. Você entende, João?

— Claro, amor. Ele deixa de ser teu capacho.

— Você é muito simplista, João. Não é isso. Quem me dera um homem para exibir a tiracolo.

— Para quê?

— Desfilar com ele. Pelas ruas e salões. Cantando uma marchinha. Sei que o Natal vai ser uma... Já reparou? Todos os meus Natais são assim.

— Ora, que significa um...

— Não queira me consolar. Uma coisa eu sei: se ele for me tirar no baile, dou o maior desprezo. Viro a cara. Ergo o queixo. Bem assim, João.

— Estou vendo.

— Também os meus discos o puto devolve. Pego na casa dele.

— Aí está o erro. Não acha que é puro despeito? Valoriza quem não merece.

— Então o que devo fazer?

— Esqueça os discos. E saia dançando. Soberba e faceira.

— Situação mais idiota. Essa no fim de semana. Começou com meu irmão. Parece amante dele. *Vou até o barzinho ligar para o Nando.* "Só não me envolva nisso." Daí a meia hora, a buzina do carrinho azul. Estávamos jantando. Ele me cumprimentou assim um estranho. Estendeu aquele braço seco, nem a minha testa beijou. Acho um fresco quando me beija a testa.

— Bem que gosta.

— Convidou para o baile. Eu, ele, o Beto. Nada mais entre nós. Dois inimigos no salão. Sabe que estava despeitada? Confesso o meu despeito, João. Puro despeito é o que tenho. Gostou?

— No salão o que aconteceu?

— Os três à mesa. Eu a ponte entre os dois. Eles se olhavam, se namoravam. Não abri o bico. De repente o grito de carnaval. Resolvi sair pulando. Ele engatou em mim. Parece mentira, João, foi assim. Colocou aquelas mãos nos meus ombros. O pobre do Beto agarrou a cintura dele. Não era cena isolada, ainda bem.

— ...

— Eu, requebrando, acenando com os braços. Até cantando, João. E eles atrás de mim. Teve uma hora, o Nando me largou. Daí os dois de mão dada faziam rodinha. Pensei que iam se beijar na boca. *Agora* — era o mestre do salão — *música romântica*. Ele me enlaçou. Me apertou. Na maior canseira, aguentei uns vinte minutos. Com ódio, sem dizer palavra.

— Ele te encoxava?

— Já disse. Me apertava, me enlaçava. Na volta para casa, meu irmão entrou. Ficamos os dois no carro. Aí foi o pior. *O fim do nosso namoro. Teu gênio não combina com o meu. Cada um toma o seu rumo. Como bons amigos.* Uma fúria subiu dentro de mim. "Bons amigos? Seja cretino, Nando." Ai, nojo da palavra rumo. "É um grande idiota. Amanhã pode esperar. Vou à tua casa e pego os discos."

— ...

— Ninguém bateu com tanta força uma porta de carro. Até os grilos se esconderam.

— E depois?

— Você sabe. O choro no travesseiro. O soluço da desprezada.

— Desprezada e reprimida. Tem de se libertar. A testemunha é esse sofá. Você rebola, vira o branco do olho, lavada de suor. Mas se recusa a admitir o que é. Grande fêmea. Uma linda fêmea.

Palavra mais enjoada.

— Veja como é quentinho. Não sente arrepio? Ai, me aperte.

Em surdina uma palavra ela geme — qual será?

*

— Não sei se entende, João. Aqui estou pelo dinheirinho que me dá. Nem só por isso. Não precisasse, assim mesmo viria.

— ...

— Só por você. Não é uma homenagem?

— A maior que recebi na vida.

*

— Eu me suicido, João. Essa fossa do Natal.

— Não tem dois braços, duas pernas? Você fala. E enxerga. Esquece do teu progresso? Sou testemunha. Uma pobre caboclinha, quase analfabeta. Soletrar contexto não sabia. E agora? Fez o ginásio, completou o cursinho, se inscreveu no vestibular. O que mais quer?

— Não é isso, João. Você não me compreende.

*

— Dá um beijinho bem aqui. Passei no vestibular.

— Meus parabéns. Já pensou no futuro?

— Sirvo pó de mico às minhas clientes. Já viu uma velha ocupada em se coçar? Ainda é a melhor terapia. Estou feliz. Às vezes, até eu fico feliz.

— Com muito direito.

— Deixa eu contar. Por boboquice, na minha alegria, não é que liguei para o sargento?

— Essa não. Começa outra vez.

— Uma voz distante. Alguém preso num túnel. Ele gritava de lá, eu de cá. Certa hora perguntei: "Você casou?" *Ainda solteiro.* Pediu meu endereço. De burra, eu dei. Tanto tempo sem ele na cabeça. Dias depois, tinha tomado banho, usava turbante verde.

Comecei a pintar as unhas, ele telefonou. A mocinha com o recado: *É o André. Se pode vir aqui*. Disse que sim. E me deu uma tremedeira. Até ofegante fiquei. Passava acetona nas unhas. Me vesti bem depressa. Aquela calça branca e a sandália mais chique. Fiquei linda, já viu.

— Garanto que sim.

— Difícil contar. Não sei se você entende. O que se passava dentro de mim. Ia ver o famoso sargento. Que tinha me largado na estrada. Por quem lágrimas de sangue chorei.

— ...

— Só que não existia. Tinha sido criado por mim.

— ...

— Parecia um mendigo. A mesma jaqueta dos velhos tempos, descosturada no ombro. Uma calça cheia de graxa. Não estou mentindo. A mesma botina. Me convidou para sair. Mal ele sabia.

— O que, anjo?

— Uma outra foi com ele. Da janela, espiando eu fiquei.

— Pegou na tua mão?

— A eterna mão no meu ombro. Aquela mão peluda de unha negra. Me sentia envergonhada. Uma hora ele disse: *Você está lá em cima. No morro. Eu aqui embaixo, no pó.* Andamos a esmo. Com medo de ser vista. A moça de calça branca e sandália dourada a par de um andrajoso, assim que se diz? Olhamos os cartazes, entramos no cinema.

— De mulher nua?

— Nem vi. Saudosa do meu Nando. Tinha idealizado o sargento. Me despedi com alívio. Quem deixa um saco pesado no meio da estrada.

— É difícil de entender.

— Você não sabe ouvir. O melhor foi no outro dia. O Nando surgiu lá em casa, todo risonho. Um buquê de rosa vermelha. E um botão para minha mãe. Bateu palminha, me beijou a testa. Todos homenageavam a caloura vitoriosa. Sabe que gostei? Não é sempre que acontece. Coloquei as rosas num vaso, dei o botão a minha mãe. Bom sinal se as rosas abrem no dia seguinte. As minhas abriram. O botão da mãe murchou. Ela ficou toda aflita.

— Eu também.

— Banquei a namoradinha. Tratei de me valorizar. Ele me ergueu nos ossos da garupa. Corria em volta da mesa, agarrando as minhas coxas. Ria, o pobre: *Sou o cavalinho da Maria.* Par de horas sem briga.

Me deixei embalar. Fala em casamento. Agora só depende de mim.

— Dá um beijinho.

— ...

— Tem nojo?

— Você é caprichoso.

— Em que sentido?

— O talquinho que usa.

— Não me volte aqui brigada.

*

— É um agourento. Briguei outra vez.

— Onde já se viu. Por quê?

— Nem eu sei. Às vezes sou meio louca. Ao cinema não vou, João. De fora me vejo ali sentada. Ouço os ruídos da sala. Espio os vultos na tela. Os namorados que se abraçam.

— ...

— Eu não como. Vejo os outros a mastigar e beber.

— Conte de uma vez.

— Burrega mesmo. O ônibus chegou, quem esperava ali na chuva? Sério, ares de ofendido. O que esse magriço pensa? Entrando em casa, quase não falava. Sentou-se meio afastado. "Venha perto de mim, homem. Quer jantar?" *Não estou com vontade.* "Quer um bombom de licor?" Já puta da vida. *Doce não gosto.* "Ah, é?" Joguei o bombom na cabeça dele. E fiz cruz na boca.

— ...

— Fomos ao baile. Minha vez de negar. *Com sede?* "Não." *Gosta do baile?* "Não." A cara do infeliz não olhei. Já viu carnaval mais bobo? Na hora ele bancou o gostosão. Mãos para cima, requebrava, gingando a bundinha. Que não tem. Detestei o barulho. Queria dar um tiro na corneta. Para, corneta. Puta que pariu, João.

— Não seja nomerenta.

— Me deixou em casa, de madrugada. Só disse: *Amanhã eu volto.* Já noitinha, chegou. Ainda emburrado, o desgracido. Ninguém na casa. Só os dois no portão. Quietos e calados. O pobre não se aguentou: *Vai fechar a casa? Já anoitecendo.* "Deixe que anoiteça." *Quer saber de uma coisa, menina? Estou aqui de pena de você. Não te deixar sozinha.* "Ah, é? Quem tem medo de ficar só? De você não preciso." Daí meu pessoal voltou. Ele foi embora. Passei a noite sentada na cama. De tanto ódio. Jurei a mim mesma: Amanhã saio com a bicha mais linda de Curitiba. Mostro a esse torto e seco.

— ...

— Meu irmão me levou ao baile. Mesmo bêbado, para isso ele serve. Fui de jardineira, sainha bem curta, exibindo a perna.

— Assim que eu gosto.

— O Salim...

— Neto do Turco Surdo? Meu colega de...

— Já vem você com Turco Surdo. Sei lá. Apareceu em nossa mesa. Já conhecia de vista. *Não sabia que tinha irmã tão bonita*. Convidou para pular. Lá fui eu, toda sem jeito. Não sei representar. Só olhava em volta do salão. À procura de quem? O Salim é gostosão, coxa de gladiador romano. Me disse: *Quer um cheirinho?* Fomos atrás de uma cortina. Aspirei o éter no lenço. Louquinha, de volta ao salão já desferia voo. Bem a mulher do mágico, alheia a tudo. Não tinha os pés no chão.

— Levitava?

— É isso. De madrugada fugi do turco. Fui sentar no carro do Beto. E quem rondava por ali? Fechei o vidro, virei a cara. Com o rabo do olho vi o nó do dedo batendo, de leve.

— Bem podia perdoar. Quem foi que atirou o bombom?

— O problema é meu, João. Não teu. Tem nada com isso. Esse foi o grande carnaval.

— Ai, do meu se te contasse.

— No outro dia o Beto me disse: *Sabe que hoje ele vai pular com outra?* "Ele que experimente."

— O que você faria?

— Sou uma bandida, João. Partia uma garrafa de cerveja, só com o gargalo. Esfregava na cara dele os cacos pontudos. Deixo esse magriço retalhado no chão.

— E foi ao baile?

— Não tive coragem. Outra vez dormi sentada. O que me aconselha, João?

— Agora não fale.

— ...

— Quer dar um beijinho?

Como sempre, olha primeiro o relógio.

— Fiquei desfiando minha ladainha. E o tempo passou.

— Veja como é quentinho.

— ...

— Se está gostando, aperte.

Furtivo toque de um, dois, três dedinhos.

— Sente como bate as horas?

— ...

— Assim, não. Sentada. Mais para a frente.

— ...

— Agora deite.

Ela se estende no sofá. Nossa mãe do céu — e de botinha preta.

— ...

— Você é louco, João.

— ...

— Puxa, fiquei atordoada.

13

— Não sou tua melhor amiga? A quem tudo conta?

— Amiga não, sempre traidora. Antes a irmã que não tive.

— ...

— São sete lésbicas na minha faculdade. A Rosinha sabe de todas. De carro caçam as meninas.

— Alguma te perseguiu?

— De mulher não gosto. Rapaz bonito pode ser.

*

— "Pensa que sou moça vulgar? Uma putinha de programa? Quem te deu permissão de telefonar? Quem te deu ordem? Acha que saio com tipo casado? Responda, seu bandido."

— E ele?

— Bem gago e mudo.

*

— Até começou bem. O tal servia por uma noite. Mas não tem classe. Me telefonou: *Quer jantar comigo?* "Já disse que não janto. Só faço lanche. Por aqui mesmo."

— Sempre a mesma soberba.

— Três vezes com ele jantei. O triste, que é empregadinho, pagava dobrado. Uma noite me esperou na esquina. Cabeça baixa, esfregando a mão. *Preciso te dizer, Maria. Sou bancário. Vivo do meu ordenadinho. Jantar com você é bom. Só que não aguento a despesa. Quer dividir?*

— Pobre rapaz.

— "Ah, é? Divida com você mesmo. Não me ofereci. Eu não me convidei. Você que insistiu. Passo muito bem com o meu lanche." E deixei o moço ali na calçada.

— Puxa, que...

— Agora me diga que você não entende. Que a vida moderna consagra a divisão de despesas. Nesse ponto sou antiga. Que merda essa de convidar e querer dividir?

— E como vai de aulas?

— Anatomia, Psicologia, Literatura, já viu?

— Por que Literatura?

— Só assim, dizem eles, você pode escrever a receita. Chego a pensar: Por que terapeuta? Curandeira eu seria bem melhor.

— ...

— Até aula de ginástica. Tudo tão caro. Não bastasse a minha ginástica para sobreviver. Penteando o cabelo, me flexiono muito mais. Querem tênis, agasalho, sem falar nos livros e apostilas. E o dinheiro, João? Onde acho o dinheiro?

— ...

— Buscar no fundo das águas?

*

— Hoje tive um sonho. Ainda de cabeça pesada. A modo que aconteceu. De repente me vi lá em casa. Diz que eu estava casando. Na mesa da sala cinco travessas de maionese. Uma a par da outra. "O que está acontecendo, mãe? Por que esse desperdício?" *Você vai casar, menina. Então não sabe?*

— E o noivo, quem era?

— Não quem você pensa. Nem o sargento nem o magriço.

— Seria o viúvo da cicatriz? O negrinho da calça rosa? O hominho da Bíblia seria?

— Ali o exagero de maionese. Com a mesma salsinha de enfeite. A mãe disse: *Apure. Os convidados vão chegar. O sargento e o Nando já estão aí.* Fiquei na maior aflição. Do noivo quem sabia?

— Não olhe para mim.

— Os convidados eram só eles. Vi os dois descendo de um táxi. O magriço de testa franzida. Com aqueles pendões balançando.

— ...

— Sabe que eu estava de preto? Uma noiva de preto, já viu?

— De luto pelo teu amor perdido.

— Seja bobo. Um deles falou: *Casar com esse traje é certo? Antes a visita para a mãe do noivo.*

— Quem disse?

— Sei lá. Isso é com o sonho. Arre, tudo quer saber. Daí me vi entrando na casa.

— Essas mães te perseguem até em sonho.

— Foi cena de angústia. Era casa enorme. Um labirinto, é isso? Erguendo o vestido com a mão esquerda...

— Não arrastar no pó? Ou não pisar na barra?

— ...com a outra eu segurava no corrimão. E subia. Subia e não chegava.

— O noivo apareceu?

— Cruzei com minha irmã. *Sabe que morar com a sogra não presta?* Foi então que vi...

— Não era eu?

— Que convencido. Só o vi de relance. Sentado de costas perto de uma janela. Usava meia azul e outra verde. O pobre decerto se vestiu no escuro.

— ...

— Sei que a lugar nenhum cheguei. Era a moça sem destino. Daí entrei no banheiro. Parecia um salão de baile. Me sentei, a porta meio aberta. Alguém — seria ele? — estava me frestando. Eu ali, sem calcinha. Ele já ia entrar. Eu não tirava o olho da porta.

— Será que...

— Daí a mãe disse: *Corra. Teu irmão está chegando*. Todo de negro, descia do carro. A modo que o noivo era ele. Então acordei de cabeça amortecida.

— Não é para menos.

— Esse irmão, de negro vestido, o que você diz? Como quem vai para a última festa. Aviso de coisa ruim?

— Com você?

— Credo. Com ele.

— Seja tonta.

— Anda sempre no gole. Avança na esquina. Pensa que o carro é a bicicletinha que não teve.

— O sonho só tem relação com o passado. O futuro somos você e eu. Agora não fale.

— ...

— Veja como é quentinho.

*

— Eu não me encontro. Estou perdida no meio da rua.

— ...

— Já viu moça triste? É esta aqui.

*

— Do meu pai não gosto de falar. Tenho até vergonha. Um homem simples. E, quando bebe, agride.

— Soco e pontapé?

— Entenda bem, João. Maltrata. Resmunga. Implica. Com as pobres mulheres.

— Tua mãe sofre?

— É uma santinha. Estou ao seu lado. Comigo ele não ousa. Ainda se passa por vítima. Faz chantagem. E eu, boba, caio.

— Tadinha do meu bem.

— Doente, já deita na cama e se despede. Todo feliz quando eu choro. Por que será que eu choro, João?

— Sentimento de culpa.

Suspira fundo.

— Que bom, João, se você fosse meu pai.

*

— Sabe que o sargento me procurou?

— Essa não. Outra vez.

— Atendi o telefone. Fiquei até emocionada. Faz de conta era nos velhos tempos. *Como vai, amor?* Voltei ao campo. Às nossas viagens. Doces briguinhas.

— O que veio fazer?

— Estava de passagem. Me propôs um encontro. Não é a mesma coisa. Não gosto mais dele. Pode ser, com os dias, venha a mudar. Já não me emociona, João. Fomos à casa...

— Ele te beijou?

— ...à casa de um amigo.

— Beijo de noventa segundos?

— Ficamos até tarde. Daí me levou de volta. Nada aconteceu.

— Nem um beijinho?

— Só na despedida. Atrás da porta, se quer saber.

— Ah, desgracido.

— Promete voltar no meu aniversário.

— E você?

— Nele não boto fé.

*

— Estou na pior.

— Tanto se queixa. Não comece.

— Não posso, João. De cabeça amortecida. Ando atordoada. Que bom deitar nesse sofá.

— Então deite.

— Tenha respeito, João. Não posso ver comida. Até o café me faz mal. Uma gripe mal curada.

— ...

— Palavra, João. Não sei o que fazer.

— Devia cultivar otimismo.

— Inteligente você não parece. Cultivar o quê? Entre dentro de mim, João. E veja se você pode. Essa vida desgraçada. Preciso de alguém que me entenda. Já cansei de mim mesma.

— Não sou tua alma irmã?

— Sabe o que é viver numa pensão? Morar num quarto sem ninguém.

— Não tem uma amiga?

— Que come a tua maçã debaixo do travesseiro? Usa a tua blusa nova? Rouba a tua última calcinha?

— Puxa.

— De noite o caruncho pingando sem parar na tua cabeça. Você cobre-se com o lençol, sufoca de calor, grita no pesadelo.

— ...

— Quando se deita, espalha jornal em volta da cama.

— Para quê?

— Com a bulha você acorda. Antes que suba pelas cobertas uma ninhada de ratos.

— ...

— Comida não tenho. Nem café eles dão. Lá eu durmo, faço a lição, vou ao banheiro. Lavar o cabelo é teu grande consolo. Ao menos uma bacia de água está gastando. Fora do quarto, só tevê. Atende o telefone. Chamar, já não pode.

— Assim é demais.

— Eu queria era ir à cozinha. Preciso fritar um ovo, João. Sabe que proibido? Sabe o que é não poder fritar um ovo? Sabe, João?

— Não sou eu que...

— Ai, dona tinhosa. Que me aluga aquele quarto. Nos dias da gripe — dói cada vez que engole — ali não me via perecendo? Não podia, a puta daquela velha, dar um copo de leite? Com febre alta, João, tive de levantar da cama e sair para a rua. Comer alguma coisa para não morrer. Imagine o meu fim sozinha naquele cortiço.

— Nem fale, amor.

— Saí na chuva, João. Em busca da minha bandeja. O mais que consegui foi roer meio pão. Molhado no café preto. Aí, sim, me deu vontade de soluçar.

— Com razão.

— Tua Curitiba não aguento mais.

— Nunca leu as famosas lamentações de um tal...

— Já ouvi falar.

— Sabe Curitiba o que é?

— ...

— *Uma cadela engatada que espuma, uiva, morde, arrastando o macho...*

— Credo, João.

— *...e perseguida pelos anjos vingadores que atiram pedras.*

— Me pergunta por que no sábado vou para casa. Às vezes penso em ficar. Juro que fico. Depois do almoço, caio em mim: Fazendo o quê? Andando a esmo na rua? Vendo tevê, encolhida no sofá? Daí, eu fujo. Aqui é pior. Cidade maldita de merda. Você entende, João?

— Decerto, amor. Quer dar um beijinho?

*

— E o Nando?

— Desse não quero saber.

— Até amanhã?

— Para sempre.

— Por que não pede que ele volte? Serve de capacho.

— Nossa, João. Minha mãe bem diz: *Roga-se aos santos, não a um pecador.*

*

— Hoje foi aula de Anatomia. O meu primeiro cadáver. Coberto por lençol imundo. De fora só o pé descalço. Alguém o descobriu: *Com medo, menina?* "Estou com pena."

— Quer dar um beijinho?

— Eu o vi inteiro. Era um velhinho. Todinho nu. De relance olhei a coisinha dele. Depois a barba por fazer, o bigode grisalho, um corte feio no pescoço.

— Assim, não.

— Estava meio cinzento. Cheirava a formol. Já sentiu? Uma catinga doce.

— Mais um pouco. Bem assim.

— A catinga do nosso medo. Me deu ânsia. Tossi e comecei a fungar. Um colega me disse: *Não chore, sua boba. Esses aí foram bêbados e vagabundos. A ninguém fizeram nada de bom. Agora valem para alguma coisa.*

— Veja como é quentinho.

— "Pensa que o velhinho é uma barra de chocolate? Tenho pena dele, e pronto."

— Não pare.

— Engraçada a barbinha, João. Não há formol que derreta. Parecia ter feito a barba no último domingo. Se eu passo a mão? Só pensar, todinha arrepiada.

— Ouça como batem as horas.

— Não posso ver no velhinho um resto de carniça. Por ele tenho respeito. Não adianta me dizer que presta serviço.

— Agora não fale.

— Vejo o velhinho vivo. Abrindo o olhinho vermelho. Chupando a boquinha torta. Nem um dente, o pobre: *Que é isso, minha filha?*

— Me beije, amor.

— Ali servido na mesa. Me olhando e cheirando. Um grande peixe cinzento. Sabe, João?

— Ai, anjo. Ai, ai.

— Da unha encravada. Só me lembro. No dedão direito.

14

— Nem te conto, João. Cansei de ficar em casa. Fui visitar o meu irmão casado. *Sabe quem saiu daqui? O Nando. Veio exibir o blusão de couro. Ficou quase duas horas. Por pouco você não dá com ele. Insisti que tomasse café. Ele se desculpou. Tinha um compromisso. Esfregava as mãos. Estou com pressa.* "Ah, é? Decerto foi atrás de mulher", eu respondi. Chateada, voltei para casa. Na praça pego um táxi. Diante da lanchonete, na esquina, vejo o carrinho encostado. Esse carrinho meu conhecido até no escuro. "Pare aqui na esquina." Achei que o Nando e o Tito estavam lá dentro. Queria fazer uma surpresa. Nossa, João. Não imagina o susto.

— Meu também.

— O Nando ali na companhia de uma preta. O pixaim mal pintado. Sombra verde na pálpebra, já viu? Calça vermelha enfiada na bota de franja. Uma putinha qualquer. Pensa que eu saí? Fui ao balcão, pedi gasosa de framboesa.

— De frente para eles. Bebiam vinho *rosé* — que filho da. E fumavam. Esperando a pizza. Não me contive e me aproximei.

— Essa não.

— "Pelo que vejo, a sua escolha foi pior que a minha." O pobre ficou atrapalhado. Virei a cara e voltei ao balcão.

— Que desaforada.

— Entre um gladiador romano e uma pretinha, o que você acha?

— Acho que é despeito.

— Arre, lá vem você. Feito o meu irmão. Que eu não devia. O lugar era público. "Na porta de minha casa?" Levou a putinha só para me provocar. Se visse o atrapalho dele quando chegou a pizza. Não sabendo se servia a negrinha. Afinal tirou um pedaço só para ele. Fiquei me divertindo.

— Isso é covardia.

— Sábado vou lá com um engraxate. Daí sabe o que é bom. Esse puto desgraçado.

— Não seja marota.

*

— Já esqueceu o velhinho da unha encravada?

— Nem me deixou contar. Muito bonito, não é? Você corta o cadáver, aquele naco de filé. Não podia ver carne. Todo bife era do pobre velho.

— Ih, pare com isso.

— Meu irmão assou uma costela. *Venha comer, maninha. Veja como está gostosa.* "Gostosa, o quê? A costela do velhinho?" Agora já belisco. Mas ainda penso. Sabe hoje o que fiz?

— ...

— Toquei num pedaço de fígado.

— Do velhinho?

— De outro. Me fugiu entre os dedos. Um colega mostrou o útero de uma mulher. *Veja que pequeninho. Como é delicado.* Uma das bichas da turma.

— De homem na tua turma só tem bicha.

— "Queria que fosse tamanho do quê?"

— E como era?

— Igualzinho a uma ameixa amarela. Sem o caroço.

— Ainda ri.

— Agora mais acostumada. Já não choro. Tenho até luva de mexer na tripa dos outros.

— Quer dar um beijinho?

— Vi um homem com uma machadada na cabeça. Vi a mulher que caiu no poço. Outro que levou um tiro bem aqui.

*

— Diabo do Nando me persegue. Não deixa em paz. Me ameaça, o desgraçado.

— Ui, que medo.

— *Se te vejo com outro, digo: Como vai, meu amor? E te dou um beijo.* "Nem beijar você sabe." *Se você não me quer, faço uma bobagem. Tome cuidado, menina.*

— Não se assustou?

— Namorado desse tipo me aborrece. O pior é que jurou falar com meu pai.

— Se ele bebe formicida? Se afoga no poço?

— Até fico feliz. O primeiro que se mata por mim.

— Embebe a roupa em querosene e ateia fogo?

— Pobrezinho. Dá uma pena. E bruta raiva.

*

— Não entende, João, que eu preciso? Qualquer dia pego um amante. Homem feio. Velho até. Que me dê chinelinho vermelho de pompom.

*

— Me falou de duas moças de Antonina. Uma chamada Rosa, outra Teresa. O pretexto que eu buscava. "Volte para tua Teresa. Sei que gosta da Rosa." De nada serviu. *Meu amor é só você. Por você eu morro e mato.* "Mate tua irmã, vagabundo."

— Cuidado, menina.

— Tomara um noivo que não goste de mim. Chega de moço que gosta. Só querendo se matar.

*

— Homem ciumento e baboso não aceito. Eu vinha com o Maneco na Praça Tiradentes. Tínhamos ido ao cinema.

— Qual o filme? De mulher nua?

— Quem vejo na esquina? Disse ao Maneco: "Vamos fugir. Eu por aqui, você por lá." Pequeninho mas valente: *Por que fugir? Enfrentar não me custa.* Eu via o carrinho ali na esquina. O Maneco envolveu meu ombro. *Vamos à luta.*

— Assim que é.

— Passamos rente ao carro. Ofereci a face, o Maneco deu beijinho aqui. Ouvimos o rugido da fera. Um amigo do Nando me disse que ele ficou louco. *Eu mato essa bandida. Ela não me duvide.* Deu calmante de maracujá: "Calma, rapaz. Contenha-se."

— Que perigo.

— Passamos pelo carro e entrei. O Maneco quis ficar conversando na porta. "Está muito exibido. Para mim, chega." Subi e me fechei no quarto. Dali a pouco a empregadinha bateu: *O Nando está aí. Quer falar com você.* Diga para ele: "Com uma dor na boca do estômago. Bem aqui. Já me deitei."

— Ele acreditou?

— Imagine a raiva. Mandou rosas vermelhas: *Não posso sem você.* E eu, firme. Até que me disse no telefone: *Só mais uma vez. Se não fala comigo, sei o que faço.*

— E agora, menina?

— Cedi. De pena, cedi. Marcamos um jantar. Sabe que ele chorava?

— Não me diga.

— Debruçado no volante. Assim, a cabeça no braço. *Tenho obsessão por você.* Tipo da palavrinha enjoada. *Quero casar em janeiro.* "Casar, como? Se não tem nada?" Não me comoveu.

— Ah, ingrata.

— Fomos tomar sopa. Na saída, ele tinha esquecido a carteira no carro. Puxei minha única e última nota. "Deixe que pago. Lá fora me devolve."

— Bonito gesto.

— Minha mão cavalgou na mesa, montada na notinha.

— ...

— De mansinho ele pegou. Na porta da pensão, a velha conversa, sempre a mesma. Não sei se estava irritada e ele me irritou mais.

— Seja doce, anjo.

— Tirou uma nota da carteira e estendeu de volta. O dinheiro na mão, eu disse: "Preciso de trinta mil. Pagar minhas dívidas." Hoje em dia, João, não é nada.

— ...

— O safado respondeu: *Quem pensa que é? Nem o que deve me pagou ainda.* Devia em táxi duas notas. Coragem de alegar. O sangue me ferveu. Sabe o que fiz? Rasguei a nota.

— Em mil pedacinhos?

— Dois pedaços. Mesmo brava, boba não sou.

— Jogou no chão?

— Foi na cara do puto. "Engula, seu carniça." Com toda a força chutei a porta do carro. Ele quis segurar meu braço. Não alcançou. Subi batendo os pés. Peguei a fita emprestada, desci e joguei no vidro do carro. "Engula isso." Ele gritou: *Você me paga. Eu estrago tua vida.*

— Barbina.

— Voltei para o quarto e apaguei a luz. Fiquei no escuro, João. Sentada na beira da cama. Toda vestida, quase uma hora. Pela fresta via o carro lá embaixo.

— Pensava em quê?

— Cansada, cochilei. De repente o barulho do motor. Tinha desistido, foi embora. Daí acendi a luz. Me despi depressa, pus a camisolinha azul. Fiz o nome do padre e apaguei a luz.

— Sonhou com os anjos?

— Não gostei desse: *Eu estrago tua vida.* Telefono ao banco, falo com o gerente. Que já dei parte à polícia.

— Nada de escândalo. Esqueça o tipinho.

— Já viu? *Estrago tua vida.* O que ele pode fazer, João?

— Agora não fale.

— ...

— Venha sem calcinha, anjo.

Volta do banheiro, a calça comprida na mão. Senta-se, brava. Ajudo a tirar a botinha. Me arrependo:

— Fique com ela.

Meinha branca do uniforme de ginástica. Já esfrego o queixo na coxa fosforescente.

— Calma, rapaz. Contenha-se.

Beijos delirantes na covinha do joelho. Eu, sim, de joelho. Sempre sentada, repõe a botinha cinza.

Agora de pé, enlaço-a com força.

— Ai, bundinha mais santa.

— Engordei. Um colega também me disse. Respondi: "Estou dando. É por isso."

— Que desbocada.

Em surdina enrolo a pontinha do elástico. Me afasta a mão e se desfaz da calcinha rosa, que atira no sofá.

— Espere.

Cai no chão, ela tem de apanhar.

— Ai, que tão aflito.

Mãezinha do céu, envolvo a doce barriguinha.

— Mexa um pouco. Eu para a frente. Você para trás.

Ela não se mexe.

— Um gesto teu me basta.

Não faz, a desgracida. Mais você suplica, mais soberba te despreza.

Fungo na nuca. Aperto o peitinho.

— Aí, não. Dói.

Mão boba acima e abaixo. Sem pena, agarra-a e prende. Um tantinho mais lânguida. Pescoço torto, admiro a face calipígia.

— Assim, não.

— ...

— Alarga minha blusa.

— Venha, anjo.

— ...

— Sentadinha em mim.

— Isso não faço.

— Amor, seja boazinha.

— Assim não gosto, João.

Já rabiosa, encolhida no sofá. Pelo tremor da pálpebra, eu sei. Aos beijos me perco nas voltas da coxinha arrepiada.

— Que maravilha.

A famosa cócega na ponta do nariz.

— Assim não alcanço, anjo. Mais para a frente. Um pouquinho.

Esse pequeno meneio de quadril já me alucina. Se não fala, adivinho pelo menor sinal. Daí a loucura.

— Diga: Meu amor. Gema. Suspire, anjo.

— ...

— Grite. Me tire sangue.

Toda em sossego.

— Ai, ai.

Não é ela, sou eu. Bem que se retorce, respiração afogada. A cabeça rola no espaldar, chega a rilhar os dentinhos à mostra.

— Agora é a minha vez.

Ela, de joelho. Eu, sentado. Erguendo o cabelinho que cai no rosto.

— Lá vou eu.

Olhe eu aqui, mãe, sem as mãos.

Vestida e penteada, torna do banheiro. Epa, roça o ombro na parede.

— Puxa, ainda tonta.

— Viu como foi bom?

— Nem te conto, João.

Este livro foi composto na tipologia Minion Pro
Regular, em corpo 13/19, e impresso em papel
off-set 90g/m² no Sistema Cameron da Divisão
Gráfica da Distribuidora Record.